邓·云·乡·集

云乡话书

图文精选本

中华书局

图书在版编目(CIP)数据

云乡话书:图文精选本/邓云乡著. —北京:中华书局,2024.
8. —(邓云乡集). —ISBN 978-7-101-16783-2

Ⅰ. I267.1

中国国家版本馆 CIP 数据核字第 2024FN4116 号

书　　名	云乡话书(图文精选本)	
著　　者	邓云乡	
丛 书 名	邓云乡集	
策划统筹	贾雪飞	
责任编辑	阎海文	
装帧设计	刘　丽	
责任印制	管　斌	
出版发行	中华书局	
	(北京市丰台区太平桥西里 38 号　100073)	
	http://www.zhbc.com.cn	
	E-mail:zhbc@zhbc.com.cn	
印　　刷	北京中科印刷有限公司	
版　　次	2024 年 8 月第 1 版	
	2024 年 8 月第 1 次印刷	
规　　格	开本/787×1092 毫米　1/32	
	印张 7　插页 5　字数 98 千字	
印　　数	1—5000 册	
国际书号	ISBN 978-7-101-16783-2	
定　　价	59.00 元	

出版说明

邓云乡（1924.8.28—1999.2.9），当代著名作家、民俗学家、红学家。1936年初随父母迁居北京，1947年毕业于北京大学中文系，1956年因工作调动定居上海。

邓先生出身于书香世家，少年迁居北京后，于长辈亲族处耳濡目染，且游走于俞平伯、谢国桢、顾廷龙、谭其骧等前辈学者间，对旧京遗事、燕京风物、北平民俗等熟语于胸，在著作中娓娓道来，让人耳目一新，被谭其骧先生称为"不可多得的乡土民俗读物"，是呈现书香文脉、补益时代人文的优秀文化读本。同时，邓云乡先生长期从事《红楼梦》研究，以着重生活风物、服饰饮食等考证著称，更因《红楼风俗谭》一书成为87版电视剧《红楼梦》唯一的民俗指导。

邓先生学养深厚，笔耕不辍，著作等身。2015年中华书局出版的《邓云乡集》17种，囊括了他绝大部分著述，出版以来广受好评。今在其百年诞辰之际，推出图文精选本，择其代表著作中迄今仍引领阅读风尚者，每册约取六至八万文字，配以相关必要图片，以便读者借助文史大家的提点，便捷地领略中华民族博大精深的文化魅力。

中华书局2015年版《云乡话书》收录邓先生谈书论世文章78篇，今择取谈论重要图书与文化名人的代表性文章17篇，以见其大旨。若读者希望进一步详细了解邓先生关于读书、读闲书的话题，请阅读《邓云乡集》（中华书局2015年版）中所收《云乡话书》。

中华书局上海聚珍编辑部

2024年7月

目　录

"二十四史"

　　一部"二十四史"，不知从何说起。我不知高低，几年前忽然写了篇说"二十四史"的文章，扔在橱中，偶然发现，寄给《博览群书》，换点稿费，买冰棍吃。天气热了，退居林下的大官，有人孝敬。穷教书匠，株守户牖，不得不自想办法，自食其力。不想被《北京日报》读书版编辑先生见了，一定要我再写篇"二十四史"的文章，催稿电话，由北京追到上海。既承厚爱，敢不遵命？于是"不知从何说起"的"二十四史"，又要讲说几句。

　　"二十四史"，从时间上说，说长不长，说短不短。此话怎讲？因为时间、人事，有如流水，不知何时流起，也不知何时为止。
"二十四史"所记，不过
数千年事耳，就算从盘
古开天辟地记起，比之
北京人的头盖骨，恐龙
蛋刚下出来的那一刹那，
那真不知要晚多少万年。
如何说得上长呢？何况

"二十四史"的第一部、第一篇、第一句
也不过从"黄帝者，少典之子"说起也。
那么短呢？最后到明代崇祯亡国，那也
是三百五十多年前的事了。岂能说短乎？
不过当时还没有"二十四史"的名称呢。
"二十四史"是乾隆四年（一七三九）在明
代"二十一史"的基础上，增加《明史》
《旧唐书》《旧五代史》为"二十四史"，即
自《史记》开始，至《明史》为止，共
二十四种正史，总三千二百四十卷，称之
为"二十四史"。

《史记》《汉书》《后汉书》《三国志》，习惯上叫作"前四史"。两晋南北朝，是一个漫长的分裂混乱的时代，足足三百多年，所以《晋书》《南史》《北史》以及宋、齐、梁、陈、北魏、北齐等大都是唐代人编写的。自唐以后，后代人修前朝史，唐、五代、宋、辽、金、元、明。这中间又有重复的，如新、旧《唐书》，新、旧《五代史》，都是内容有同有异的记录同一时代历史的书。不过这是古已有之的。《史记》同《汉书》就重复记载了汉代前期的事，但有详有略，各有优缺点。过去有的大学史学系专门开过"《史》《汉》异同"这门课，细说起来那是十分复杂，可以写成洋洋大观的专门著作了。列入"二十四史"的史书，都是经过皇帝上谕，国家正式公布的，所以明代不在"二十一史"之列的五代后晋刘昫所编《唐书》、宋薛居正所编《五代史》均加一"旧"字，与欧阳修所编之《唐书》《五代史》均经乾隆上谕，列为正史，合称"二十四史"了。清初顺治年间，灵寿人傅维鳞按正史体例编写的一百七十一卷的《明书》，就不能列为正史，不能和张廷玉领衔修的《明史》相比。明初宋濂领衔编的

《元史》，匆促成书，问题不少。清末民初，柯劭忞的《新元史》出版，声誉极高，其同年徐世昌做大总统，下令将其列入正史。这样《元史》也有新、旧之分，"二十四史"成为"二十五史"了。《清史稿》编成出版，始终未奉国家命令，因之只能称"稿"，不在"二十四史"或"二十五史"之列。

"二十四史"标点出版，是大好事，对这套书的普及及未来影响关系极大。倒不

▼《百衲本二十四史》简体横排版

是中国人吹牛，全世界也只有中国有这样一套辉煌的"二十四史"，有钱的大款买整套的，没钱的小知识分子，零买几种。这好比把万里长城放在你房间里，可以沾点祖宗的光荣，洋鬼子是没有这个福气的。四十年前在南京，第一次遇到编《辞源》的方毅老先生，问我是哪里毕业的，我说北大中文系。老先生板着脸问道："看完'二十四史'了吗？"我说没有。老先生脸拉得更长，冷冷地说道："连'二十四史'都没有看，那算什么中文系毕业的！"真是当头棒喝，冷水浇头。我再不敢回老先生话，只有后来慢慢地补课了！

《清史稿》琐谈

　　三九天南去深圳，住在青年友人姜威兄的书房里，床就在书架旁边。早上早醒，主人年轻，仍在隔壁酣睡，未便打扰，躺在小床上看闲书消遣。顺手于书架上拿到一本高阳的历史小说《小凤仙》，开头是由一帮民国初年青岛遗老谈天写起的。陈夔龙、李经羲等几位，都是清末官至总督的大老，正一起议论着做过清朝东三省总督的徐世昌已当了民国的官；赵次珊，即赵尔巽也出任清史馆馆长，到北京去了……会写小说的人，将历史人物供其笔下驱使，写得闻声见影、有情有趣，也实在是一种本领。至于真实的人、真实的事、真实的历史，那当是另一回事了。

▶ 汪辉祖像

近年来，常写些清代文人历史掌故的文章，一部《清史稿》，放在书架上，常常翻阅，每多感慨。一是感慨中国传统文化，最后——也就是中西新旧文化大变革的最后，还留下这样一部史书，想来也是继后的了。在未来二十一世纪文化进入电脑载体时期，历史将会用另一种方式传记，恐怕无人再修这样体例的史书了。二是感慨这部《清史稿》迄今似乎也只能叫"稿"，因为明显的错误不少，还有待史家专门做注、校对、修改，而一时似乎还无人提起。过去写文时，就发现过明显的错误例子。如乾隆时《病榻梦痕录》的作者汪辉祖，《清史稿》入《循吏传》，列传二百六十四记云：

汪辉祖，字龙庄，浙江萧山人。少孤……乾隆二十一年（一七五六）成进士，授湖南义远知县……

实际如何呢？据《病榻梦痕录》乾隆三十三年戊子所记：

> 三十九岁，馆乌程……七月，至省乡试……九月初八日回乌程，见题名录，知中式第三名举人，至杭州谒本房象山县知县湘阴曾洞庄师光先……嗣晤榜首德清许春岩祖京，遂同谒两主考：国子监司业、后升奉天府府尹满洲博虚宥师卿额，内阁中书、后升左副都御史陆耳山师锡熊……是科吾越中式二十三人，约日会谳。余揖诸同年曰：不须另会，十二月二十日为吾母生辰，拟称一觞，乞枉驾，为吾母光宠。届期集者，十有七人。宾散，太宜人曰：二十年来，惟今日略一舒眉，庶几可以对汝父矣……余自丁卯省试，至此九度。

《病榻梦痕录》是汪辉祖老年时写的编年体回忆录。旧时人重科名，他从少年时即跟着地方官学幕做师爷，"丁卯"即乾隆十二年（一七四七）十八岁时开始参加乡试考举人，前后考了九次，直到乾隆三十三年，他三十九岁时，才中举，自己书中记得清清楚楚，怎么会乾隆二十一年成进士呢？而且乾隆二十一年是丙子年，是乡试的年份，二十二年丁丑，才是会试年份。子、午、卯、酉年乡试，辰、戌、丑、未年会试，这是定死的，自顺治二年（一六四五）开始，直到清末废科举，从未变过。其间恩科年代另定，那是特殊的。《清史稿》编写汪辉祖传的人，既不查《病榻梦痕录》，也不翻万年历，看看乾隆二十一年是什么年份，就写这一年"成进士"，而编写《清史稿》的都是一些翰林、进士，都是科甲中人，却这样不重视科甲年份，随意乱写，想想真是不可思议的。汪传后面著述中只列《学治臆说》《佐治药言》，未列《病榻梦痕录》，大概写此传者未见过《病榻梦痕录》。

汪辉祖什么时候中进士的呢？他大半辈子做师爷，直到乾隆四十年乙未（一七七五），四十六岁时才中进士，旋即丁忧，不能为官，仍游幕给人做师爷。直到乾隆五十一年，他五十七岁时才出任湖南宁远知县。

《病榻梦痕录》记乾隆四十年他会试情况甚详：三月初三到北京，初五即得轻度伤寒，初八带病入闱，只吃生梨，不能吃粥饭，出场之后，病反而好了。头场制艺试题："苟日新"三句、"仲叔圉治宾客"三句、"敢问何谓浩然之气"一节。试帖诗题：《镫右观书》，得风字。与法式善《清秘述闻》卷七对照，所记文题、诗题，只第三题不合。《清秘述闻》为"敢问何谓言也"，实际还是《孟子·公孙丑》章中"敢问何谓浩然之气"一句开始，直到"夫圣，孔子不居，是何言也"为止，中间有很长一段，仍是"敢问何谓浩然之气"全章，所以二者是一样的。会试总裁是兵部尚书无锡人嵇璜、刑部左侍郎后升大学士陕西韩城人王杰、右副都御史满洲阿肃。会试第四十六名。四月二十一日殿试，《病榻梦痕录》中记云：

二十一日殿试，二十五日胪唱，第二甲二十八名赐进士出身。二十六日午门赐表里，辉祖领得宝蓝花缎一匹、月白潞绸一匹，二十七日礼部赐恩荣宴，五月初二国子监释褐，初八日朝考，十四日引见，奉旨归班选用，十六日得家书，王太宜人于三月二十六日弃养，遂呈报丁忧……

本来他因朝考第四名，翰林院传验已派武英殿办理黄签事，因为继母去世，只得报丁忧，回老家守孝，一蹉跎又是近十年。《清史稿》简单两句"成进士""授……知县"连在一起，后人还以为是榜下即用知县呢。叙事已然不准确，何况年代又完全错误。只此一例，即可见《清史稿》之不可靠了。

《清史稿》中类似的例子还不少，有的很重要的大臣传中，也有错误记载。如《林则徐传》中记林放广东禁烟钦差大臣时，入京觐见道光，"召对十九次，授钦差大臣，赴广东查办，十九年春，至"。以《林则徐集·日记》核对：林在湖广总督任上，十月初七奉圣旨，十一日武昌动身北上，十一月初十到京，十一日递折，第一起召见，十二日四起，十三日六起，十四日五起，十五日四起，颁钦差大臣关防，十六日七起，十七日五起，十八日六起召见陛辞，十八日下午至二十四日四天京中拜客，二十三日起程离京，在京共住十二日，召见八次。怎么会召对十九次呢？这样重要的传都有错误，真是难以想象。在我写文引用《清史稿》时，同其他直接资料核对，发现错误的还有几处，不一一举例了。而没有直接资料核对，直接引用的次数还多，是否有错误，那就不知道了。这不能不说是今日使用这部史书的遗憾，想来是十分可惜的，琐话还得从开始说起。

中国历史传统，后一代编前一代历史。辛亥革命，民国成立，袁世凯做了第一任大总统，二三年之后，聘王湘绮任国史馆馆长，聘赵尔巽任清史馆馆长，亦称总裁、总纂，这位原是汉军旗的馆长，留下了著名的"做清朝的人，任清朝的官，修清朝的史，吃清朝的饭"的解嘲语（凭记忆引用，大意如

▼ 赵尔巽像

此，词句或稍有出入）。赵之后，继任清史馆馆长的是柯劭忞。馆员中大都是清末进士、翰林，不少都是知名之士。据杭州吴士鉴写给缪荃孙的信，可以想见清史馆开馆时的一些争论和松散情况。如：

　　馆中初次大会，无甚讨论。十二日审查体例，仅十三人，将各家拟例汇集，共十余份，逐条斟酌。尊撰史例，早归入其中。是日结果，大致以佢与式之、笺荪主持为稍多，梁任公所拟未尽从之，其他离奇光怪之表志名目，取消殆尽……现在除国史馆移交各种书档外，其余官私书籍，送者寥寥。总统既有征书之命，馆长复行文各省……

　　写信人吴士鉴是光绪十八年（一八九二）壬辰榜眼，式之是章钰，是光绪二十九年癸卯所举行之辛丑、壬寅恩、正并科进士，笺荪是金兆蕃，浙江嘉兴人，科第不明，都是初开清史馆找来修清史的。缪荃孙当时已七十多岁，是光绪二年丙子恩科进士，比吴士鉴年龄、科名都早的多，所以吴称缪为"世伯大人"。因缪和吴的父亲吴斋是同辈。缪当时是南中学术领袖人物，所以吴在清史馆常常来信来请教，如另几封信中说：

▼ 缪荃荪像

　　端节发下《儒学传》目，敬阅一过。顾、王冠首，仍遵阮例，究为允当。此外分并，甚见精心甄综。高邮文简，有学问而无政绩，附于石先生甚妥。曲园偶尔漏写，当代补在孙仲容之上。越缦于经、小学未有著述，似难列于《儒林》。曾记癸巳秋闱，此老监试，偃与闲谈，叩其生平著述，自言于经、小学毫无心得……此老自言如是，可见得失甘苦，非亲历者不知之。今陶仲彝欲争入《儒林》，直是不知越缦也。若列入《文苑》，尚可为同光后劲，厕之《儒林》，黯然无色矣。

又一函中云：

> 前日敬奉赐书，又递到大著《儒学传》二卷，又补《梨洲传》及叙言……大稿精实细密，抉择谨严，学派分明，无可攻摘……阅毕即代呈馆长也。惟有一二人，拟商之长者，未知尚可附入否？一为崔东壁，其所著书，虽无家法，而北学除通州雷、肃宁苗、昌平王三人外，尚觉寥寥。东壁久已悬人心目之中，能否增附于雷传之下……

当时编制，馆长赵，副馆长柯，总纂夏桐孙、吴士鉴等四人，协修俞陛云等八人，提调邵章等五人，纂修袁励准等十二人。吴士鉴函中谈到其他尚多，不一一征引了，均可见当时修《清史稿》时情况。这是清史馆中人的意见，而馆外在野的一些人意见却不同，如大名鼎鼎的藏书家叶德辉，其时亦在北京，写信给缪艺风说：

> 闻士可言，清史馆已聘赵次山作馆长，岂《宋史》必待托克托而后能修耶！初闻东海保荐旧人有王葵园及凤翁为总裁之说，此因王有《东华录》、柯有《新元史》，成效昭然，似足以餍人望，何为其计不行，是可怪也。

▼ 叶德辉像

王葵园是王先谦，湖南长沙人，同治四年（一八六五）乙丑翰林。光绪后期，曾任国史馆总纂，编有《光绪东华录》。和叶是同乡，当时已七十余岁。与柯均是史学界前辈。但叶对他也有批评，说他刻书"必附以己注，注又未必高"，或以族人、门人注参入，"均不知注古书之法"。叶对《清史稿》"儒林"等传大有意见，有一信中说：

柯凤翁曾以赵公明意张罗，辉随却之……即以史例论，辉以清朝有儒学无儒林，儒林绝于南北史，唐以下不能有此名，阮文达以理学为上卷，经学为下卷，辉殊不谓然。今修史因之。辉如在局，必力争改变……亭林开有清二百余年之经学，然不以为逸民，而以为儒林，不足以遂其初志也。辉往时劝公不应聘，劝凤翁勿帮忙，亦重二公之意，今书成尚无期，又不必论矣。

对清史馆叶德辉大唱反调，岂不知《儒林传》不少都是缪艺风写的。据缪所著《云自在龛随笔》五十八云：

《清史》属于予所拟者：

《明遗臣传》三人一卷，附见五百人。

《儒学传》上三十四人一卷，附七十三人；下六十三人三卷，附一百零一人。

《文学传》九十二人五卷，附一百九十一人。

《孝友传》六十三人二卷，附传四十八人，附见七百余人。单列人名。

《遗逸传》十七人一卷，附二十一人。

《土司传》一省一传卷，湖广、四川、云南、贵州、广西、甘肃。

《清史稿》自民国四五年（一九一五一一九一六）开始，经过十多年，到北伐时，出书了。这中间又出了不少事故。一是金梁将印成的书，自说自话运到沈阳四百部，即所谓"关外本"，引起一点不大不小的波澜。因金梁似乎只是举人出身，比之柯凤荪等大名家，资历声望差得多。进入清史馆，只不过是个校对名义。但到后期印刷阶段，任馆长的柯凤荪已八十

▼ 一九三七年新京大同印书馆影印关外本《清史稿》书影

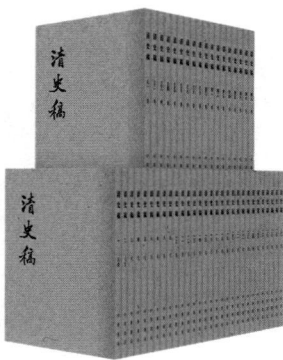

▶ 中华书局《清史稿》繁体竖排版

多岁，不大管事，主持印书的袁金铠把具体事务都让金梁去办，清史馆办公的地方在东华门里，书印好后本应都运到馆中入库，但金梁把开始印刷装订好的头几批书，直接用大车拉到车站，运往东北沈阳了。这时山海关外是东北军的势力范围，关里无法管，这批书就在关外发行，而且关外后来又印一次。这样"关外本"又有一次、二次之分。当时北京北洋政府因北伐胜利已结束，南京政府已成立，北京已改名为北平。派人接收故宫博物院、清史馆，实际大部分还是一些旧人。追查金梁运走《清史稿》的事，一查，金梁不但运走四百部，而且以"校对"的身份，修改了《清史稿》的内容，金梁擅自增加了民初搞复辟的《张勋传》《康有为传》，还印了他的《校刻记》。一时议论纷纷，有人曾写长文详细记录了当时情况。第二，南京政府当时明令不许《清史稿》发行。一时社会上也引起许多谣传。有人说这是李石曾的主意，因为他父亲李鸿藻是同治师傅，《清史稿》给他父亲写的传不够好。又有人说是谭延闿的主意，因他父亲谭钟麟，咸丰进士，在甘肃做官，受左宗棠赏识，后来连任陕甘总督、闽浙总督、两广总督，这样重要的封疆大吏，西太后特别重用的人，《清史稿》中居然没有为他立传，真是不该有的疏漏……当时谭延闿是行政院长，李石曾是国民党北方实力派，又是当时北平大学区的领导人，南京政府下这样的命令，是事出有因，和他们不无关系的。

《清史稿》在发行之初，刊有《发行缀言》，其中说："乃大辂椎轮之先导，并非视为成书也。"所以稿是稿，成书是成书，二者是不同的。错误是难免的，一句老话，七十多年过去了，何时才能见"成书"呢？恐怕只有待于下世纪了。

易安居士"送别词"蠡测

李清照《漱玉词》中有三首送别词，仔细玩味，似觉历来所解均欠深入，因参照史实，分析如下：

第一首是《一剪梅》，词云：

红藕香残玉簟秋，轻解罗裳，独上兰舟。云中谁寄锦书来？雁字回时，月满西楼。

花自飘零水自流，一种相思，两处闲愁。此情无计可消除，才下眉头，却上心头。

按，此词元人伊世珍《琅嬛记》中曾记有轶事云：

"赵明诚幼时，其父将为择妇。明诚昼寝，梦诵一书，觉来惟记三句云：'言与司合，安上已脱，芝芙草拔。'以告其父。其父为解曰：'汝殆得能文词妇也。"言与司合"是"词"字，"安上已脱"是"女"字，"芝芙草拔"是"之夫"二字，非谓汝为词女之夫乎？'后李翁以女妻之，即易安也。果有文章。易安结缡未久，明诚即负笈远游。易安殊不忍别，觅锦帕书《一剪梅》词以送之。"

▼ 李清照像
（清）崔错绘
故宫博物院藏

伊世珍是元朝人，距离李清照时代不过一百五六十年。按理，他对李清照的了解应比我们清楚而且真实，但他如果编造谎言，却也更容易欺骗后人。关于赵明诚婚事的记载，托之于梦寐，这不能不使人怀疑是他自己编造的"齐东野语"。如果仅只于此，则也罢了，问题是他还谈到明诚远游，易安赋词送别的事，这就牵涉到对李清照《一剪梅》的确解问题。

仔细分析这首词意，似乎不是清照送别明诚之作，其一是词中语气，如"轻解罗裳，独上兰舟"，等等，似是告别口气，而非送别口气。其二，有关明诚、清照新婚之后的情况，除《琅嬛记》而外，再难找到有关明诚远游的资料。其三，《金石录后序》中对其婚后生活写得很细致，而独对明诚远游事则只字未提。因而，伊世珍说法是很难成立的。黄盛璋同志在《李清照事迹考辨》一文中对此提出三点看法。一云："细玩此词非类送别之作，'一种相思，两处闲愁'以及'云中谁寄锦书来'，明明是别后相思，不得为送别之作。"二云："'轻解罗裳，独上兰舟'，离去的应该是清照，不是明诚。"三云："结缡时明诚在太学作学生，用不着负笈远游。结缡后二年即出仕宦，更不须负笈，何况仕宦地点即在汴京，《后序》亦有交代，此传说所以发生，实误解一'出'字。"

黄盛璋同志的考辨是有道理的，但并未说明，这首词有无可能是"留别"之作呢？在他们结缡之后不久，清照有无可能离开汴京一个时期呢？根据具体历史情况，我认为不但可能，而且是在不得已的情况下离开过一段时期。

下面先看看与他们有关的大事排列：

建中靖国元年（——○一）：正月，以赵明诚之父赵挺之为御史中丞，后除吏部侍郎，李清照之父李格非官礼部员外郎。清照与明诚结缡，估计在秋天。

崇宁元年（——○二）：正月，以蔡京为尚书左丞，赵挺之为尚书右丞。九月，诏籍元祐、元符党人，御书刻石端礼门，格非时"提点京东刑狱，以党籍罢"。清照尝上诗挺之救其父云："何况人间父子情？"

崇宁二年（——○三）：三月，诏：党人子弟毋得擅到阙下。四月，赵挺之除中书侍郎。九月，诏：宗室不得与元祐奸党子孙为婚姻。令天下监司长吏厅各立元祐奸党碑。

崇宁三年（一一〇四）：明诚出仕。九月，挺之除门下侍郎。

崇宁四年（一一〇五）：三月，以赵挺之为尚书右仆射兼中书侍郎。五月，除党人父兄子弟之禁。

崇宁五年（一一〇六）：正月，毁元祐党人碑，党人叙复，李格非与监庙差遣。二月，蔡京罢左仆射，赵挺之为特进、尚书右仆射兼中书侍郎。

大观元年（一一〇七）：正月，蔡京复为左仆射。三月，挺之罢右仆射，卒于京师。挺之卒后三日，为蔡京诬陷，但无事实，后指挺之为元祐大臣所荐，力庇元祐奸党，遂追赠言。此后清照即随明诚回青州，"屏居乡里十年"。

从事实看，李清照婚后一年光景，即因其父罢官，遭受株连。从中分析，可以看出，在崇宁元年（一一〇二）和二年，她有三次可能离开汴京。一是元年九月，李格非被罢京东提刑时。在这一严重时刻，清照一方面要营救她父亲，一方面要离开汴京去看望她父亲。二是二年三月，诏"党人子弟毋得擅到阙下"，如严格执行这条规定，她有可能被迫离开汴京。三是二年九月，诏"宗室不得与元祐奸党子孙为婚姻"，清照可能避嫌暂离赵家。

如果说《一剪梅》是清照离开汴京留别明诚之作，上面的三个可能，可先排除两个：二年（一一〇三）三月，时令不对，可予排除；二年九月，《后序》中写明诚出仕种种，亦可排除。因而如果说结缡未久，便赋离歌的话，那只能是崇宁元年九月。这在历史事实上、时令上、词的内容上都是吻合的。词的起句是秋天景物，下句便写动身离去。这时结缡不过一年时间，正是燕尔之际，她一人去探望待罪的父亲。所以有"轻解罗裳，独上兰舟"之句。这个"独"字是十分重要的。这次去，可能已得到赵挺之的某种斡旋、关照和安慰，时间似乎是已有估计，也可能是期月之后，便有归讯，所以有"云中谁寄锦书来？雁字回时，月满西楼"的叮嘱，变化"西楼望月几回圆"的句意，以订归讯也。"花自飘零水自流，一种相思，两处闲愁"

▶《漱玉词》书影
（光绪王鹏运辑刻四印斋所刻词本）

三句，都是一语双关，虽然写的是眼前的别意，却暗示着不同的政治处境，鲜明的对比。关于她父亲的事，似乎已得到赵挺之的某种许诺，或有缓和的余地，但崎岖曲折，前途仍在难以逆料之中，因而又有"才下眉头，却上心头"之转折也。总之，此词写得极为婉约、含蓄，虽系别离之词，却无凄楚之语，而是交织了惜别、希冀、担心种种复杂感情的，在这种复杂的感情后面，又有其复杂的政治背景，固不能单纯以新婚夫妇之离情别绪测之也。而伊世珍《琅嬛记》全不问当时历史情况，家庭遭遇，清照处境，一味以男女离情目之，编造谎言，真是白日梦耳。

第二首是《凤凰台上忆吹箫》，词云：

> 香冷金猊，被翻红浪。起来人未梳头，任宝奁尘满，日上帘钩。生怕闲愁暗恨，多少事欲说还休。今年瘦，非干病酒，不是悲秋。

> 明朝，这回去也，千万遍阳关，也即难留。念武陵人远，烟销秦楼。记取楼前流水，应念我终日凝眸。凝眸处，从今又添，一段新愁。

这是一首名作，历代评论很多，但多从文字上着眼。陈廷焯《白雨斋词话》道："'新来瘦'三语，婉转曲折，煞是妙绝。"是看出了这首词的特点的。这"婉转曲折"表现了有不少难言之隐。易安居士的词，有一个显著的艺术特征，就是在铺陈的地方，稍用典故和华丽的词句；而在关键性的表现感情、打动读者的地方，却是亲切、流畅的俗语。所谓"鸳鸯绣出凭君看，不把金针渡与人"。这点可以说是易安居士的"金针"，这首词也是如此。

一上来五句，只是细腻地刻画"慵懒"，这只是表面现象，别无深意。"多少事欲说还休"，这出于无可奈何的感慨，究竟是什么"事"？这是全词的关键。"今年瘦"或作"新来瘦"，其故安在？"多少事"也，当事人是知道的，但"欲说还休"，是不能说，还是不胜说，还是无法说？李攀龙《草堂诗余隽》云："写其一腔临别心情，新瘦新愁，真如秦女楼头，声声有如和鸣之奏。"这还是只看到表面，难道"新瘦新愁"，只是在写别意吗？下半阕："明朝，这回去也，千万遍阳关，也即难留。"暗示"前回"，甚至"多回"都留止了，而这次则留不住。临别，也无须再说，不是不想说，而是说了无用，所以"多少事欲说还休"也。这便是全词的关键，是"新瘦新愁"的病根。但究竟是在什么时间，什么事呢？

细检二人生平，清照送别明诚，重要者有三次：

一次是建炎三年（一一二九）六月，明诚被旨知湖州，在池阳分别。这是他们最后一次分别，不久明诚病倒，清照赶回建康。又不久明诚去世。这首词写的自然不是这次送别。

又一次是建炎元年（一一二七），明诚奔母丧南下，清照留在青州家中，直到建炎二年春才辗转南下。奔丧本是急事，是突然而来的消息，与词中所写的"闲愁暗恨""今年瘦"等等不合。

又一次是宣和三年（一一二一）或之前不久，即赵挺之去世后，赵家受蔡京迫害，赵明诚离开东京，回到青州，屏居乡里十来年，又出来做官，出守莱州之时，此次明诚是只身赴任，清照直到宣和三年八月十日始到莱州任所，清照到莱州的日期明确，那明诚出守莱州自在此以前。明诚出任莱州，离开青州，清照自然要送别，何况这是在乡间过了十几年隐居生活后的第一次出仕，非比寻常，清照很可能有赠别之作。我认为，这首词便是这次分别时所作。这首词中的"多少事"，简言之：就是"退隐"和"出仕"的矛盾。

在这点上，清照与明诚，毫无疑问，是有过不少思想斗争的，可能也有过不少分歧，有过不少争论的。

宋代当时知识阶层的思想大多是围绕着"熙宁变法"和"元祐更化"而产生分歧。李清照的父亲是韩琦门下士，是苏门学士晁无咎、张耒等人的好朋友，是一著作等身的学者，又是上"元祐党人碑"的人物，这些对李清照这样一个多才多学成为一代女词人的女儿说来，其影响是很深的。因之她对于崇宁之间的政局是有看法的。晁公武《昭德先生郡斋读书志》卷四下，曾记她的逸句道："其舅正夫相徽宗朝，李氏尝献诗云：'炙手可热心可寒。'"正当她公公青云直上，位极人臣的时候，又当她恳求营救她父亲的时候，又以一个经年新妇的身份，却对她公公的升官大泼其冷水，这很可以看出她的政治态度和性格。所以在当时她必然是自甘退隐，不热衷利禄的。何况先经过"元祐党人碑"的政治风波，又于大观元年（一一〇七），赵挺之死后，受到蔡京的诬陷，几乎破家。政治动荡，仕途险恶，必然在这位极为敏感的女词人脑海中留下深刻的烙印。丈夫不做官，回到青州，过隐居生活，研究学问，对她说来是最理想的了。她在《金石录后序》中说的"甘心老是乡矣。故虽处忧患穷困而志不屈"，就是词中所说的"武陵人远"，她们是以"武陵人"自居的。这样的思想基础和生活理想使清照对于明诚的出仕，绝不会取支持态度，而必然是一再劝阻的。

▼ 赵明诚手迹
台北故宫博物院藏

　　她们回到青州后，政和元年（一一一一），赵挺之一案，已得到缓和，恢复了他生前的职称，《宋宰辅编年录》载："政和元年五月丁亥，诏除落观文殿大学士、特进、赠太师赵挺之责降指挥，从其妻秦国太夫人郭氏奏请也。"这样，赵明诚兄弟又可出仕了，他大哥赵存诚不久就出任秘书少监。

赵存诚复官当在政和元、二年间，而明诚出守莱州，却几乎在此后十年之久。明诚久未出仕，绝非朝廷不予任命，而是他自己不想出仕，这中间清照必然起着重要的作用。他们在青州屏居乡里时，是以致力收集古器物、研究学术为乐的。

　　赵明诚的政治倾向，当然受到他父亲赵挺之的一定影响。但是赵挺之的政治背景很复杂，他既以反元祐党人与蔡京同时为宋徽宗所重用，又与蔡京矛盾，斗争甚烈，而且又是"元祐党人碑"上宰执项下第六名人物刘挚所推荐的。从这些情况可以看出，赵挺之对明诚的影响决不会只是单纯热衷利禄。但当时明诚正值壮年，又出身于位极人臣的丞相家庭，又是有名望的金石学家，过去又曾经出仕过，又有看来是十分热衷仕宦的母亲和长兄，这一些又都不允许他不出仕。对此，明诚思想是矛盾的，清照思想更是勉强的。鉴于过去的"元祐党人碑"和蔡京诬陷等事件，明诚出仕不只是破坏了眼前的平静的学术退隐生活，而且前途又增添了许多忧虑，这首词就是这样复杂的、无可奈何的心情的一种产物。所谓"多少事欲说还休",这里包含着出仕与不出仕的争论,十几年来李、赵两家的遭遇,宦途中的艰险,等等。这也就是为什么"今年瘦,非干病酒,不是悲秋"了。近十年中,明诚出仕的机会,绝非这一次,可能听清照劝告,而借口谢绝了。这次出守莱州,近在咫尺,不能再有所借口,非去不可,因而有"这回去也,千万遍阳关,也即难留"的叹喟。"念武陵人远",有的本子作"念武陵春晚",细玩词意,以"人远"为是。因十几年屏居乡里,形同武陵秦舍,现明诚出仕,离乡而去,形同武陵人离开桃源而去,无限惋惜。不止此也,还有更重要的,是结尾两句:"从今又添,一段新愁。"也就是对明诚出仕后,宦海的风波未可逆料。当时虽然蔡京已致仕,但朝中仍是他的势力,徽宗对他仍十分信任。又正值方腊、宋江等农民起义军声势浩大的时候。在这样情况下,明诚出仕,清照能够不为他担心吗?何况他离开的是满堂书史形同学术府库的家,离开的是从事十多年的学术研究生活。其中多少还可以分析出明诚对清照是做过不少解释的。清照那首初到莱州的

《感怀》诗，是很值得考照一下的：

> 寒窗败几无书史，公路可怜合至此。
> 青州从事孔方君，终日纷纷喜生事。
> 作诗谢绝聊闭门，燕寝凝香有佳思。
> 静中我乃见至交，乌有先生子虚子。

这首亦庄亦谐的诗，貌似调侃之作，却是感慨很深的。清照未来时，自有书信来往，明诚一定说过莱州任所如何如何好，而清照一到，自然感到不会像家中一样书史盈架。明诚说了许多好处，到头来却成了"乌有先生子虚子"了。从这首诗中，似乎更可以加深了解前一首词的背景了。

还有一首是《蝶恋花》，词云：

> 泪湿罗衣脂粉满，四叠阳关，唱到千千遍。
> 人道山长山又断，潇潇微雨闻孤馆。
>
> 惜别伤离方寸乱，忘了临行，酒盏深和浅。

好把音书凭过雁，东莱不似蓬莱远。

此词一向解作明诚出守莱州，清照送别之作。黄盛璋同志《赵明诚李清照夫妇年谱》中云："近人据元人选本《翰墨大全》，此词前有一序，为昌乐馆寄姊妹，故有'潇潇微雨闻孤馆'之句。"认为是清照从青州到莱州途中所作。《彤管遗编》所载清照《感怀》诗序云："宣和辛丑八月十日到莱，独坐一室，平生所见，皆不在目前。几上有《礼韵》，因信手开之，约以所开为韵作诗，偶得'子'字，因以为韵，作《感怀》诗。"宣和辛丑，是宣和三年（一一二一）。如果这首诗确是于青州到莱州的途中，旅宿乐昌旅店所作，则时间当在八月十日之前不甚远的日子。一因《感旧》诗是初到莱州之作；二因青州和莱州相距不远，即使过去交通不便，走旱路，也不过两三天的时间，所以如果以元人选本《翰墨大全》中的"乐昌馆寄姊妹"为题解释，这些方面都是不成问题的。比较难以确切言之的只有一点，即这首词所表现的感情问题。词中一则云："泪湿罗衣脂粉满，四叠阳关，唱到千千遍。"

再则云："惜别伤离方寸乱。"感情是极为激动的，尤其"惜别伤离"一句，"惜别"的是"姊妹"，"伤离"的是自己，感情如此缠绵，自非一般姊妹之情。因而其中有几点难以理解，即其时乱离尚未开始，去莱州明诚任所，路途又很近，词中也说"东莱不似蓬莱远"，既然如此，为什么姊妹之间，如此"惜别伤离"呢？而且李清照的词，首首是真情实感，这首词中的"方寸乱"，"乱"的是什么呢？难道只为短途的，甚至可以说是暂时与"姊妹"之别吗？这是很难讲得通的。所以如以"乐昌馆寄姊妹"这个小序解释这首词，虽然"潇潇微雨闻孤馆"一句得以迎刃而解，而其他各句都还有不少问题，还需进一步探索。

清照作品的大多数都已失传，诚属千古憾事，而得以传世［的］少量作品，则又因其他资料较少，对其深刻旨题，终有隔雾看花之嫌。因不揣浅陋，对其三首送别词稍作探讨，惟征引无多，疏漏难免，郑笺之作，尚待贤者，因多臆断之词，姑名"蠡测"云尔。

"青词"与"太平歌词"

　　周劭学长兄在报纸上写文章，说我谈了一番八股文，而"青词"也是明代的一种流行于道教间的文体，何不谈谈。说来惭愧，因老八股是明、清两代几百年中基础教育的必修课，凡是读书人都必须受此训练。我是教书匠出身，深感基础教育与每个人关系甚深，因此瞎琢磨了一顿，说了一些肤浅的外行话。至于"青词"，那是道士打醮时，在太清宫道观祷告上苍的文字，用朱笔写在青藤纸上，所以叫"青词"。据传明代权相严嵩最善于写"青词"，可是手头没有《钤山堂集》，也无法找出来给大家介绍一番。但我想这远没有八股文普遍。而且一般人也不大信道教，青藤纸

《钤山堂集》书影
（明嘉靖二十四年
［一五四五］刻增修
本）

现在也很难找到，"青词"也就无法介绍了。说起明、清的文字，倒不如说说"劈破玉""挂枝儿""太平歌词"等小曲，还能够雅俗共赏，如写歌词的朋友，多读两首，也许能吸取点写歌词的营养，不致翻来覆去老是"妹妹我爱你"，让妹妹耳朵里听得起老茧。最近看一本"禁书"，忽然发现一组"太平歌词"，值得介绍一下，先引在下面：

黄柏木盖座房，苦人在里边藏。

到晚来只宿在苦床上，苦茶苦饭苦羹汤。吃在肚里苦满腔。我苦甚难当，我苦告上苍，苦心苦肝苦五脏。

黄柏木盖座楼，苦人在里头愁。浑身上下苦了一个够，一心只要到蜜州。苦人儿不自由，一梦到蜜州。醒来依旧在苦楼，苦风苦雨难禁受。

黄柏木盖座庙，苦人儿把香烧。苦言苦语苦祷告，苦神圣眼内苦泪抛。苦命的人儿你听着，你苦实难熬，我的苦对谁学？一般苦都是前生造。

黄柏木盖座殿，苦人儿殿里边。高高下下苦了一个遍。到几时使了浆领布衫。浑身上下舔一舔，苦的在里边，甜的在外边，生生的把苦心头咽。

人都说黄柏苦，我倒说黄柏甜。我的苦更比黄柏现，浑身都被苦来煎。苦上心来左右难，苦海更无边。苦梦儿重如山，到几时苦尽了把甜来换。

"黄柏木底下弹弦子——苦中作乐。"这是旧时常说的一条谚语。而这位"太平歌词"的作者，用黄柏木起兴，连续五章，极为形象而又十分质朴地倾诉自己的痛苦，完全是天籁体白话素描，感情那样浑厚，倾诉那样痛快淋漓，语言那样丰富，层次那样清楚，比喻那样巧妙。而又没有一句文人用语，全部是市井方言，而且据第三首，"着""学"等入声字，着读做zhao、学读做xiao来看，这市井方言是山东一带的。如用地方语言读出来，就更会感人。显示了作者才华智慧的作品，会闪耀出光芒。我翻阅了这本清代几次查禁书目都列为"禁书"的旧小说，其他都看过而已，无所感想。独对这组"太平歌词"，感到久久不能平静，好像看到作者苦难的遭遇和智慧的锋芒一样。这自然不是大家闺秀，或读书很多的才女的作品，多半是识字不多，而又十分聪明，在社会底层受苦受难，而又迫切希望幸福的风尘女子的真情呼叫……

这是一本大约写于清代前期的风月小说，无作者姓名，假托明代山东临清的故事。这组"太平歌词"假托是一个寡妇写给她已结私情的情人的。通篇倾诉苦水，以感动情人，最后迫切希望"到几时苦尽了把甜来换"……历史上的旧小说，所有诗词歌赋，大多是作者卖弄才情，替书中人拟作，或直接把自己的作品硬塞给故事中人物。如《红楼梦》中曹雪芹替宝玉及大观园姐妹拟的那些诗词，或《花月痕》那些连篇累牍的律诗。但是也有把当时社会上流行的小曲、谜语写进书中的，并不是作者代拟，只是作者未说明，这些流传于当时社会市井上的曲子、谜语、酒令等，年代久远，现在读者便不知是作者新编的，还是已有的了。而这本禁书的作者，对这组"太平歌词"，却未敢掠美，十分诚实地在这回书后评语中写明说：

> 太平歌实是清渊一才女所作。共七首，余删其二，而并为改窜七字，聊为表出，不敢没其才也。女子姓汪氏。

"清渊"就是临清，汉朝名"清渊县"，隋以后改临清，清代为临清直隶州，山东西北邻河北运河东岸，卫河由此入运河，运河水量大增，旧时漕运必经之地。漕船南来，过此谓之"出口"。是十分热闹的水陆码

头。这既非北京那样政治文化中心，也非
扬州那样巨富名家会聚之地，也非苏杭高
雅文化学术集中的地方。临清、济宁、淮
阴等地这种沿运河的水陆码头，正是运粮
船南北来往不断，客商云集，市井文学作
品产生的好地方。这一组"太平歌词"也
正反映了几百年来这一历史事实，这些
"禁书"，也从侧面反映了这些地方在历史
上的繁荣，而其间风尘女子之生活苦难，
亦可想见了。我不想做神仙，对"青词"

▶ 天启三年（一六
二四）十一月初八
日赐都察院左都御
史赵南星夫妇诰命
（局部）
中国国家博物馆藏

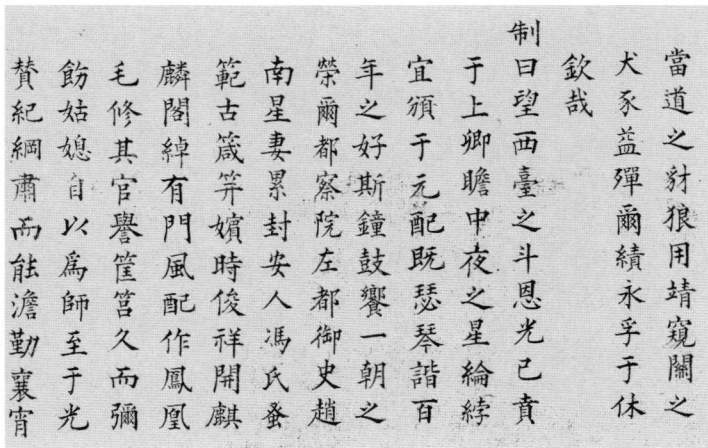

賛紀綱肅而能澹勤襄宵

飭姑媳自以爲師至于光

毛修其官譽筐筥久而彌

麟閣綽有門風配作鳳凰

範古箴笄嬪時俊祥開麒

南星妻景封安人馮氏蚤

年之好斯鐘鼓饗一朝之

宜領于元配既瑟琴諧百

于上卿瞻中夜之星綸綍

制曰望西臺之斗恩光已貴

欽哉

犬豕益殫爾績永孚于休

當道之豺狼用靖窺闖之

只知其名，看也没有看过，而对人间的苦难呼声，却听得十分真切，深感无限同情。所以读了这一组"太平歌词"，感到实在值得介绍一下。再有，写"青词"著名的严嵩，江西分宜人，大概是道教龙虎山近在咫尺的关系吧，所以他善写"青词"。而同是明代赵南星，赵州高邑人，离临清很近，却善写曲子，号清都散客，且系正人君子，人品较严嵩又不知高多少了。

▼ 严嵩像

潘氏春闱诗纪

　　我写《潘家曲子》时，介绍这本小书，曾提到"曲子"的前面部分，是《庚戌春闱纪事诗》、《锁闱偶记》、《癸丑琐闱日记》（原题如此，"锁""琐"通假）三种，也十分有趣。一百多年前，大小知识分子最关心的、最感兴趣的事，今天一般朋友连是怎么回事，连这样的书名，也似乎莫名其妙了。时间的流逝，尤其是巨大历史变革时期的流逝，给今昔造成了巨大的隔阂，这是十分遗憾的。因而把它解说介绍一下，也是必要的，对于一些有历史癖的朋友来说，或者也感到兴趣。

　　先简单作一些字面解释，"闱"是试院门，"春闱"

是春天试院考试的门，"锁闱"是锁上试院的门。清代近三百年间，考试日期，省里、京里都是固定的，每三年一次，省里考举人，在秋天，叫"秋闱"。京里会试，在春天，叫"春闱"。参加春闱的考试，先要取得举人的资格，没有取得举人资格，是任何人都不能参加这一考试的。因此会试及会试发榜后之殿试，是被视为国家最高的荣誉，最严格的考试。能够参加这一工作，所谓掌文衡，参与抢才大典，那更是无上的光荣了。清代秋闱、春闱考试，每次考试都是考三场，每场都是头天一大早进场，第二天下午出来。在场中吃饭、过夜。出来休息一天。再进场，再出来；再进场，再出来。前后九天，这才算考完。考生一进场，通外面的门就锁起来。贴上封条。出场时，启封开锁放出，再进，再锁再封。考生进三场，出三场。而主持工作的官吏、包括领导的各省乡试叫正、副主考，会试叫正、副总裁（殿试叫阅卷大臣，只考一天），以及各房阅卷官，春闱由三月初六进场（称入闱）起，考生考试完了，直到四月初旬看完卷子、填好榜，才能开锁出闱，在考生之前进去，在考生出场阅卷发榜后出来。

在试场中足足要锁一个多月，此之谓"锁闱"。当然被锁在闱中的，除去考生、官员之外，还有大量的抄手、差役、跟班、厨子、工役等人员，是一个庞大的组织。外面地方官还要派许多人，供应当差。每天买米、买菜、送柴、挑水，都在一定的边门口交接，并有役衙人等监视检查。防止内外勾结作弊。在试场里面还分内帘、外帘。内帘即主考、阅卷官工作的地方；外帘即地方供应部门官员人等工作的地方。《林则徐集·日记》记他道光二年（一八二二）八月在杭州监试浙江乡试的忙碌情况：

> 赴贡院随中丞阅视，又自赴武林门外查看桃花港蓄水，拟为运送贡院之用……（八月初一）

> 五鼓诣吴山文昌庙致祭毕，遂赴学署商科场坐号事，缘学使所取遗才和盘托出，闱中凳号不敷，另思设法……（初四）

> 遂赴贡院亲考誊录，缘浙省誊录八百人，向来能书者仅及其半，故于此次亲试之……（初五）

上午遗仆从将行李俱移进贡院，外间不留寓所矣。（初五）

候两星使到，并补服朝珠谢恩毕，以次进贡院，送主司入内帘，俟中丞派定内外帘官，即检查行李，分别令各归各所。（初六）

晚，催经历司进士子卷册，统计一万五百五十二人，幸坐号尚敷，不必另设堂号。（浙闱号舍共一万八百二十六间）……

▼ 清末民初的江南贡院
（《金陵胜观》）

不必多引，只以上一些就可看出科举时代每逢乡试、会试时是多么忙碌了。乡试如此，会试更是热闹。场内的参加考试的紧张，阅卷的官吏紧张，场外的支应的官吏、人役也紧张。而都当喜事那样去办。经历过的人都感到是一种荣耀，在诗文、日记、笔记中不知留下多少掌故。潘曾莹氏这三种小书，也只是沧海之遗珠耳。但时至今日，却也是十分珍贵的了。先说庚戌、癸丑两种《琐闱日记》。"庚戌"是道光三十年（一八五〇）、"癸丑"是咸丰三年（一八五三）。前一种是据原稿由顾起潜先生精楷手抄影印的。后面有附记云：

> 曾王父《庚戌春闱纪事诗》一卷，仅原稿传诸墨版。检箧续获是岁《锁闱偶记》一帙，宜相附丽，并垂不朽。斯稿出曾王父蓝笔手书，不合影印之术。姊夫顾君起潜，夙工楷法，慨然命笔，克襄厥成，盛意可感，谨缀数语，以志不忘。丞弼附记。

为什么说"蓝笔手书"呢？后面再说。

另一《癸丑日记》，是照原稿影印的。潘氏出掌文衡，第一次是同考官，第二次是副总裁。《庚戌春闱纪事诗》后《偶记》开首记云：

> 道光庚戌三月初六日奉御笔（原书御笔另起一行，双抬头，即高出两字，引文连写）圈出正总裁卓秉恬、副总裁贾桢、花沙讷、孙葆元，同考官潘曾莹、蒋元溥、吕佺孙、苏勒布、孙铭恩、朱兰、何桂芬、卓坛、金鹤清、郑琼诏、奎福、金肇洛、费荫樟、曹楸坚、陶恩培、刘书年、袁咏锡、保清。

正、副总裁四人，同考官十八人，这就是科举时代所说的"会试十八房"的房师。所有举子的卷子都要经过这十八个人的笔下被初步决定取舍，加批后再推荐给正、副总裁，二百多年中，每一个进士的命运都掌握在他们手中。而这十八房在场中次序不是预先排好的，而是在场中抽签决定的，这天《日记》中后面记道："初七辰正掣签，予掣第一房。"这是考场中防止内外勾结作弊的种种手段之一。考场中除去总裁、同考官等正式阅试卷，决定取舍的官员而外，还有监察的、收取卷子的官吏。这则《日记》还记道："午初入闱，四总裁来拜，即答拜监试永桐、曹前辈澎钟，内收掌德恒、谢谦亨。"所谓"内收掌"就是内帘收卷子、管理卷子的负责人。贡院很大，内帘除去上万个闱号供举子考试外，还有不少大院子房舍，中轴线建筑是明远楼、至公堂、聚奎堂，左、右是主考、各房。房员等有厨子、听差烧菜、煮饭伺候。进场时还有人送菜、送席。潘氏第一天就记着："海帆师送火腿一只，酒一坛，茶叶一篓，鸭二只，夜邀何新甫、金翰皋同饭。提调送席。"第二天又有人送鸡一只，鸭一只，以后各总裁、房师之间，又邀饭、送活鱼、火腿、点心、饽饽、黄果查糕，等等，《日记》中记得十分清楚，可以想见这些考官之间饮食筹酢情况，亦十分有趣。

咸丰三年癸丑（一八五三）科，潘曾莹以内阁学士兼礼部侍郎衔充会试副考官，又充朝考阅卷大臣，《日记》自三月初六至四月初十，排日记事，所记较任同考官时为略。道光庚戌（三十年，一八五〇）科总裁一正三副。正总裁卓秉恬，字海帆，四川华阳人，壬戌（嘉庆七年，一八〇二）进士，官内阁大学士。副总裁贾桢，字筠堂，山东黄县人，丙戌（道光六年）进士，官吏部尚书。花沙纳，字松岑，蒙古正黄旗人，壬辰（道光十二年）进士，官左都御史。孙葆元，字莲堂，直隶盐山人，己丑（道光九年）进士，官兵部侍郎。这科状元是江苏太仓陆增祥。咸丰癸丑科正、副总裁三人。正总裁是徐泽醇，字梅桥，汉军正蓝旗人，庚辰（嘉庆二十五年）进士，官礼部尚书。副总裁是二人，除潘曾莹外，另一人是邵灿，字又村，浙江余姚人，壬辰（道光十二年）进士，官吏部侍郎。状元孙如仅，山东济宁人。（以上据王家相《清秘述闻续编》择录）

正副总裁、同考官等人初进场的头几天，考生的卷子还未交，即使交了卷子，还要由抄手用朱笔重抄一遍，才能分到各房去评阅。这种卷子如果取中，叫"朱卷"。阅卷官不同于一般老师改文章，一般老师改窗课，都是用朱笔改墨卷，而考场中考生用墨笔写的卷子，都保存起来。呈给考官评改的卷子是红色朱卷，自不能再用红色朱笔评改，因而用蓝笔。所以随笔写日记，也是蓝色的了。这就是前面所说的"蓝笔手书"了。十八房同考官都用蓝笔，正、副总裁最后批准录取均用墨笔。所以前一种蓝笔要重抄，后一种《癸丑日记》则是墨笔手迹了。当年试场中具体事物，今天看不到，有时一点小事，一个小东西，也可能百思不得其解，画历史连环画的，做电影电视布景的，经常闹出笑话，都是想当然而不去研究，说来是十分遗憾可惜的。前面《春闱纪事诗》中有一组《分校杂咏》小诗，所咏都是具体事物，十分有趣，第一首就是"蓝笔"，咏道："染蓝费经营，出蓝妙选择。谁贻青镂管，莫作红勒帛。"简单一支蓝笔，也有"青出于蓝"的寓意，不然何必不用墨笔改朱卷呢？西方洋人是永远不能理解中国旧文人的细微用心的。"红勒帛"是红笔画杠子，过去教师改文不好的句子常用红笔杠去。

这组小诗中第二首咏"荐条"，就是房师批好的卷子，认为好，可以取中，贴上印好的"荐条"，签注意见，呈给正、副主考或总裁。这个小条子，对于这一个人的命运说来太重要了。第三首咏"号簿"，就是坐号名册，就是取得中、取不中的人的名字都在里面。诗中说"无盐与西子，尽入氤氲牒"。这个好理解。第四首咏"落卷"，这是看不中，扔至大纸篓中卷子，本来很好理解。但清代考试有规矩，对考生极为负责：第一，落卷不能随意扔掉，将来要让考生自己领回去。第二，考官在阅过送上的卷子后，还要到大字篓中，翻阅落卷，有时会忽然又发现很好的卷子。嘉庆二十一年（一八一六）林则徐任江西副主考考举人，《日记》就有几天专门"点阅落卷，得'爱'字二十一号卷，诧为异才，亟拔之。既揭晓，乃周仲墀也"的记载。记得在《儒林外史》中也写到从落卷中选人的故事，所以小诗中咏道："未忍轻抛却，挑灯几度看。他年期换骨，辛苦觅金丹。"第五首是"拨房"，就是自己这里看的卷子，或因过多，或有疑问，送到另一房考官去看，取中了。如原来内收掌把这份卷子分到第一房看，都有纪录。第一房又给第二或第三房批阅，如取中了，这两位都可以算这位新进士的房师。所以诗中说："雏燕新移垒，流莺合比邻。手栽桃李树，真作两家春。"用"两家春"来形容，十分形象。

第六首是"卷箱"，取不中的卷子，都存在卷箱中存档或被人领回，小诗寄以最大的同情道："竟作秋风扇，应怜春梦婆。此中心血尽，明日泪痕多。"即使是掌文衡的大官，当年也曾几度落榜，甘苦都是亲身经历的，所以写来如此亲切感人。

第七首是填榜，就是公布考中的人，把名字写在榜纸上，天亮要贴出去，考试是按成绩排定名次的，填榜不叫写榜、张榜，重在"填"字。抄写时名字照例从第六名写起，写完最后一名，照例红笔一勾，俗称"背榜"或叫"坐红椅子"。在学中，平日考试，考在最后一名背榜坐红椅子，那是很不光彩，丢面子的事。而考举人、考进士，第一名固然无上光荣，这最后一名也同样是举人、进士，同状元、解元等人照样同榜取得国家认可的资格，一样可以称同年。空下前五名，填时倒填回去，照例要在晚饭后点起蜡烛写，

谓之"填五魁"，还要奏乐，谓之"闹五
魁"。《庚戌日记》四月初九日记道："初九
日，辰刻填榜，申初毕。至莲塘处便饭，
戌初填五魁。"辰刻是上午八九点钟之间，
申初是下午四时。戌初是晚间八时，工作
时间记得十分清楚。第八首是"房卷"，诗
云："姓名排次第，冰雪卷中夸。从此传衣
钵，渊源是一家。"这首诗现在读者很难
理解其"传衣钵"的深刻涵义。清代政权

皇帝之下，没有政党，亲贵的权势，在京中好像很大，实际只是表面的，而政治权势都在各省督抚手中，京中在军机大臣和各部尚书手中。而其中最重要的是科举辈分、老师、门生，以及同年之间的联系，形成各种政治网络，各种政治派系，互相之间又起到各种牵制、调和、补充作用，取得稳定，也不断有新鲜血液输入，这就是"传衣钵"、讲"渊源"的内涵。短短的几首小诗，不但形象地写清了科场的名物，也准确地写清了科举制度的政治实质和内涵，不啻一篇简明扼要的科举史志，是十分重要而有趣的。

前面还有十首七绝纪事诗，除开头颂圣而外，也有不少文史故事。如第三首"早闻鸾凤咏新诗，想是论文得意时"句下注云："嘉庆己未（四年，一七九九）家大人分校礼闱，诗题为《鸣鸠拂其羽》，得一卷云：'须知温室树，终待凤鸾声。'极为击赏，榜发则桂文敏也。"因试帖诗好句，被阅卷官赏识取中，亦如俞曲园因"花落春仍在"被曾国藩赏识而得中一样，在科举时代是常有的。桂文敏是桂芳，字子佩，号香东，满洲正蓝旗人，嘉庆进士，官至漕运总督，死谥"文敏"。"家大人"是潘世恩。又一首在"莫羡春华多烂漫，冰霜阅历是奇材"后注云："补之弟，瑶笙、伯寅两侄，汪甥侣笙俱回避。"清代科举回避制度是极严的。一切考官的近亲均不能参加由他主持的考试，必须自觉遵守，如有发现，即使考中，也要革去功名，轻则丢官，重则杀头。所以他诗中特别把回避的弟弟、侄子、外甥都注明。其中伯寅就是"苏州贵潘"之中，继潘世恩而后，最出名的人物，他这一科没有参加考试，后来是在咸丰二年壬子（一八五二）恩科以第三名进士及第的。正、副总裁是刑部尚书、河南商城人周祖培，户部侍郎、云南昆明人何桂清，兵部侍郎、山东滨城人杜翮，内阁学士、正蓝旗宗室载龄。潘伯寅名祖荫，入值军机，官至工部尚书。著述多，名气最大。

考官初进场时，闲暇甚多，诗酒风流，忙中又十分消闲，潘曾莹又是著名画家，有《雨中画兰》《松岑师属写梅花长幅》《作山水小幅》等诗多首，篇幅过长，不一一介绍了。

雙硯齋詞鈔卷下

江寧　鄧廷楨　嶰筠

霜花腴

餞菊

麗譙畫角甚晚風匆匆又送秋殘霜染菘肥月和楓瘦紫桑住也應難聽懷故山怕翠畦空羃蒼煙趁今宵笑指滄波一江澱碧共鷗還宦閣數枝清供奈詩情漫與酒意將闌橫遠樓孤簪花人去關河是處荒寒落英強

▶《双砚斋词钞》书影

▼ 邓廷桢楷书扇面

一首连着今人命运的绝唱

——读邓廷桢《月华清》词

　　连日台风秋雨，原想今年中秋节看不见月亮了。不料中秋那天风定多云，入夜云破月出，到了九点钟左右，居然南天无云，皓月当空了。延吉新居，楼高窗大，临窗外眺，十分空旷，云天高洁，月华如洗。对着月亮，思潮起伏，想到很多旧事，难免感慨系之。个人是生活在历史时代中的，不禁想起一百多年来的家国动荡，忽然想到鸦片战争时期邓廷桢的《月华清》词，那正是中秋节看月时写的（收在叶恭绰编的《全清词钞》中）。感到实在是一首好词，值得我们一读。

　　唐诗宋词，自然不少都是发乎真情的千古名作，但毕竟离我们太远了，虽然能作表面上的理解、美学

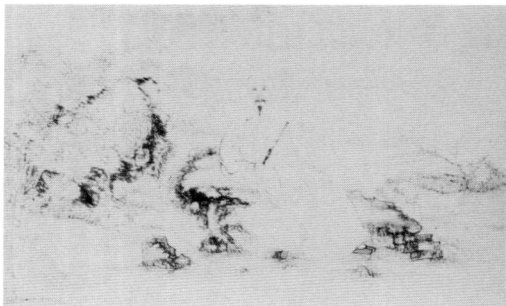

上的分析，但似乎总隔着一层，欣赏的成
分多，共鸣的成分少，感受的成分——像
切肤之痛那样的感受就更少了。当然，如
果从继承文化遗产上说，分析字句，模拟
古人，承继传统，那是另一回事。总之，
今人读古人的作品，中间都隔着一段长短
不同的历史空隙，没有任何直接的联系。
而读邓廷桢这首《月华清》则不然，稍微
有点近代史知识和时代经历的人，便会引
起直接的感受，仿佛看到当时的场景，听
到作者的声音，虑到当时的局势，感受到
作者写此词的情怀，而呼吸相通，一起共

鸣一样。

这首词词牌是《月华清》，题目是"中秋月夜，偕少穆、滋圃登沙角炮台绝顶晾楼，西风泠然，玉轮涌上，海天一色，极其大观，辄成此解"。

其词云：

> 岛列千螺，舟横万鹢，碧天朗照无际。不到珠瀛，那识玉盘如此。划秋涛，长剑催寒；倚峭壁，短箫吹醉。前事，似元规啸咏，那时情思。
>
> 却料通明殿里，怕下界云迷，蜃楼成市。诉与瑶闾，今夕月华烟细。泛深杯，待喝蟾停；鸣画角，恐惊蛟睡。秋霁，记三人对影，不曾千里。

这首词好在哪里，如何读，如何欣赏，与读唐、宋人作品又有何差别呢？下面我一一道来。

先作一些文字技艺上的介绍：词牌"月华清"，据清万红友（树）《词律》载，有两体，一体九十九字，一体一百字，均仄韵。这一首是九十九字体。开头仄起，四字对句，第三句入韵，通首亦以对句组合为主，句法整齐。在音乐感上，富于铿锵节奏感，而非以迂回跌宕取胜。

起首"仄仄平平、平平仄仄"对仗，写虎门口形势景物，岛屿罗列、舟棹密布。"千螺""万鹢"都是熟典，但用在此处，起句状眼前景，极为自然。螺壳本可状发髻，进而可状峰峦岛屿。唐皮日休诗《缥缈峰》云："似将青螺髻，撒在月明中。""鹢"是一种水鸟，古代有的船头画鹢鸟，所以叫"鹢首"。《淮南子》："龙舟鹢首，浮吹以娱。"这是首二句的出典。下接"碧天朗照无际"，写天、写月、写海，与前两句岛、舟连在一起，便展现了一幅极为壮丽的虎门海口中秋夜的画面。下接二句，推进一层，有"欲穷千里目，更上一层楼"之境界和"不入虎穴，焉得虎子"的气概。"珠瀛"即珠海，珠江因沙洲如珠，本有海珠之名。"瀛"即海也，此处要用平声，因用"珠瀛"，全句"仄仄平平"。"玉盘"，普通成语，月亮的代名词，苏轼诗："银汉无声转玉盘。"下面"划秋涛""倚削壁"对句，写豪情，写气概，写抱负，写季节，写虎门形势之险要与军容气氛。"长剑""短箫"，长剑易于理解，而"箫"为何要"短"呢？这正是军队典故，因"短箫"即是军乐的代称。蔡邕《礼乐志》："汉乐四品，短箫铙歌，军乐也。"前半片结句，用"前事"两字一提，且"事"字叶韵。末句"那时情思"，"思"字读去声，亦叶韵。由第三句"际"字入韵，际、此、醉、事、思五字皆仄韵，上、去通押。"际"在去声八霁，"此"在上声四纸，"醉""事""思"都在去声四真。"元规啸咏"用晋代庾亮典故。《世说新语》"容止"篇：

庾太尉在武昌，秋夜气佳景清，佐吏殷浩、王胡之之徒，登南楼理咏，音调始遒，闻函道中屐声甚厉，定是庾公。俄而率左右十许人步来，诸贤欲起避之，公徐云："诸君少住，老子于此兴复不浅。"因便据胡床，与诸人咏谑。后王逸少下，与丞相言及此事，丞相曰："元规尔时风范，

不得不小颓。"右军答
曰："唯丘壑独存。"

"元规"是庾亮的字，
晋元帝时，受讲东宫。明
帝司马绍立，辅政。晋成
帝司马衍时，平苏峻乱。
后代陶侃镇武昌，遥制东
晋朝政，北抗石虎，有志
恢复中原，未成而卒。这
里用"元规啸咏"典故以自况，十分恰当，
符合作者身份，且抒发了感慨和抱负。如
一般人用这样的典故在自己的身上，那便
觉得是陈词滥调或者一味吹牛了。

以上是上半阕，再看下半阕。写词一
般章法，是上半片写景，后半片抒情；
上半片写情，后半片抒感；上半片写眼
前，下半片写过去或未来，等等。结句

再回到题目上。如苏东坡《水调歌头》，先是眼前明月，再是想象心胸，再是感离，在最后归到忆弟祝愿上。这也不是作者们故意安排如此章法，而是一般人感情思路的发展轨迹总是这样的。此词章法也如此。下半阕一上来就由眼前壮丽的景色想到北京的朝廷，为国之心、忠国之情、报国之志、爱国之怀，油然而起。

"却料通明殿里，怕下界云迷，蜃楼成市。"简单意译之，就是"料想北京朝廷，怕下面为鸦片之害所迷。海外的势力成了市面"。但这层意思，因眼见景物而引起，又结合眼前景物以词语表现之。月光无限光明，这里有针对性用典，自不能泛泛地用一般"广寒宫殿"之类的俗典，而用了"通明殿"的典故。通明殿是道家神仙殿宇，因而习惯上也用来代替皇帝大殿。苏轼《上元侍饮楼上三首呈同列》诗："仙风吹下御炉香，侍臣鹄立通明殿。"据王十朋注，说是张守真朝见玉皇大帝，看见殿上匾额曰通明殿，便请示是什么意思。真君告诉他说："上帝升金殿，殿之光明照于帝身，身之光明照于金殿，光明通彻，故为通明殿。"词中用此典，正确切。而加一个"怕下界"云云，似乎是月亮光辉有意照亮人寰。"海市蜃楼"，本是现成语，这里颠倒用之，十分灵活，连前"怕"字，便赋予新意，而且"市"字是上声四纸韵，正好入韵。熟悉写词句法的人，是很容易理解的，但对一般读者，不作介绍，便容易忽略。

上句是想朝廷对下面，下句则是"向上汇报"。"诉与瑶闾"，就是向仙家宫门轻轻诉说，似乎是对月说，实际不是，而是告诉北京朝廷，这里风光很好。"泛深杯""鸣画角"两个三、七短句组合的对句，也是结合眼前景物，写出眼前形势的严峻，和卫国的决心。"蟾停"写月，"蛟睡"写海，"待喝"，写要使光明永驻。"恐惊"，写先不要惊动敌人，待一网打尽。结句回到题目，照应十分圆满而自然。"三人对影"用李白诗"举杯邀明月，对影成三人"句，"不曾千里"用苏轼词"但愿人长久，千里共婵娟"句，即月夜、中秋夜名句，一正用，一反用，十分自然，使人不觉其用典，正是精于此道的手法，所谓无一句无来历也。而一般读者，在这种明白如话的地方，最容易忽略，下半阕入韵字，除前述"市"字外，尚有"细""睡""霁""里"四字。"细"去声八霁，"睡"去声四寘，"霁"去声八霁，"里"上声四纸。

下面再解释一下题目：

"中秋月夜"，是指公元一八三九年，清道光十九年中秋夜。据《林则徐集·日记》云：

> 十五日，戊寅，晴。黎明诣武庙、天后、海神各庙行香，即赴邓制军处。黄镇军自沙角来，留饭。午后制军来，即同舟赴沙角，在关提军舟中查点日来调集兵勇各船册籍，计前后排列兵船火船共八十余只。并携酒肴邀关提军、黄镇军同赴沙角炮台上小饮，月出后同登山顶望楼上，玩赏片时，仍与制军乘潮而返。是夜见义律复澳门同知信，乞诚尤切。

邓廷桢《月华清》题目和这则日记完全吻合，正好帮助我们想象写词时的情景和各人的心情。"少穆"是林则徐的字，"滋圃"是关天培的字。这时林则徐是钦差大臣，邓廷桢是两广总督，关天培是水师提督。清代官场中客气时称官衔，不直接称正式官衔，而用代称，如知县称"大令"、知府称"明府"、巡抚称"中丞"。在《林则徐集·日记》中总督称"制军"、提督称"提军"。这是以官场称呼称之。而在词题中，则不好官称，而以字称之，是文字之交、朋友关系，这样就抛开势利的官场了。

辛稼轩《水龙吟》"登建康赏心亭"名唱，写的也是秋景，也是感时的千古绝唱，我们读后自然也感受很深，赞叹不已。但这种感觉是纯文学的、纯历史的，却无直接的切肤痛感。南宋偏安，金国兴起，以及后来元灭金、元灭宋，等等，这些毕竟都只是历史，离我们很远了，当时百姓战乱的牺牲、南北流离的痛苦，如何爱宋、恨金，等等，在我们感情上都引不起共鸣。相反，读邓廷桢这首词，我们的感觉就完全不同，觉得这首词似乎关联着我们今天每一个人的命运。写这词的时候，正是鸦片战争的决战前夕；写这首词的人，正是当时负着历史使命，掌握着军政大权，与敌人正面对峙的主帅。试想，如果这首词的豪情壮志当时向顺利的方面发展，我们近百年的历史就不会这样，或者可以影响到今天的每一个中国人。遗憾的是，这首词中的豪情壮志向相反的方向迅速转变了。"出师未捷身先死，长使英雄泪满襟"，他们虽然当时都没有死，但他们的壮志豪情却很快付诸流水了。而且这不是他们个人的事，而是关系到神州的未来、炎黄子孙的近百年的命运，帝国主义打开中国大门，疯狂的掠夺，百年来的外来侵略战争与不断的内战，使得国力民力一再破坏，再无休整喘息的机会，而邓廷桢吟唱这首《月华清》的时候，正是这段灾难历史开端的前夕——如此关系着历史，关系着千千万万近现代人命运的绝唱，能不令人反复沉吟，情为之移，神为之伤吗？

纯真的报国热情，豪迈的大臣风范，深厚的中华文化传统，横溢的词赋才华……集中表现在这首《月华清》中，可是太遗憾了："泛深杯，待喝蟾停"，而"蟾"并未停，历史的车轮仍不停运转，给中国带来的却是灾难的历史时代；"鸣画角，恐惊蛟睡"，而"蛟"并未睡，在此暗用周处故事，他们天真地想学周处斩蛟除害，而"蛟"，那个英国殖民主义的代表义律却在暗中大肆活跃，一把鸦片船、兵船潜泊尖沙咀外洋，二是北上厦门、宁波、天津……试看《林则徐集·日记》记义律"乞诚尤切"云云，便知其想得简单，结果炮舰外交把中国的大门打开了，清政府屈辱了，半封建、半殖民地的历史开始了。试观邓廷桢等人豪情满怀，赋此绝唱时，又何曾料到敌人的险诈、后来的大变，以及一系列的灾难历史呢？——真是使今天读者感慨万端了。从这点上来说，成千上万的唐诗宋词中，是找不出如此使今天人人感慨的作品的。不是那些作品不好，比不上邓廷桢的《月华清》，而是时代感不同。简言之，古人名作，是隔着历史时代的；而这首绝唱，是连着今人命运的。

这首词不是中秋那天当场写的，而是过了两天，写好给林则徐看的。《林则徐集·日记》同月二十六日记云：

> 二十六日，己丑，晴。书扇数柄，嶰筠制军以中秋沙角之游，填《月华清》一阕见示，即和之。

林则徐所和原词如下：

月华清（和邓嶰筠尚书沙角眺月原韵）

穴底龙眠，沙头鸥静，镜奁开出云际。万里晴空，独喜素蛾来此。认前身，金粟飘香；拼今夕，羽衣扶醉。无事，更凭栏想望，谁家秋思。

忆逐承明队里撤玉堂，月明珠市。鞚掌风驰，争比软尘风细。问烟楼，撞破何时；怪灯影，照他无睡。宵霁，念高寒玉宇，在长安里。

如果没有原唱，这首也是非常好的。而一比原唱，这首词就感到浅了。情欠深与真，句欠畅而韵，有应酬之感，有堆砌之病，使人感到，原作真是词人之词，而这首则有点一般化了。就词论词，只能如此评价。如果详细解说，那又要浪费许多文字，篇幅冗长，没有必要了。只望读者于会心处仔细品味之。如果说谁的官大，谁的词就好，官越大，诗词越好，至高无上，登峰造极……如此衡文，那我就一句话也不敢乱说了。

清代二百多年中，真正懂得重视知识，翰苑清品，即翰林院出身的人，出任封疆大吏，年年代代都有，与内务府笔帖式出身的满洲权贵，以及军功、捐班出身的来比，总受到特别尊重，在社会上也会得到重视，负有清望。因而这些人中，不少人既是大官，又是学问家、诗人、词家、书家，等等。他们一边做官，一边研究学问，著书写文章，吟诗填词，写字作画，等等。林则徐和邓廷桢都是这样的人。官做得大，而文章艺事成就也很大，都是名家。其间邓廷桢而且可以说是词人，著有《双砚斋词钞》二卷、《词话》一卷、《双砚斋笔记》六卷、《双声叠韵谱》数卷。除词外，于六艺、小学、群书均有论述，多所发明。他除是一代大吏名臣外，首先还是一个词人。林则徐也有《云左山房词钞》一卷，但他主要还是历史名臣、名人，文献至多，方面更广，于词则只是余事耳。后代对他的词则远不如对他的书法重视了，而事实也是如此。

《月华清》是词人之词，不妨再介绍他一首《买陂塘·赎裘》，这是处在不同时期、不同境遇下写的真情实感的作品，每一个穷知识分子都会引起同感共鸣。词云：

> 悔残春、炉边买醉，豪情脱与将去。云烟过眼寻常事，怎奈天寒岁暮。寒且住，待积取叉头，还尔绨袍故。喜余又怒，怅子母频权，皮毛细相，抖擞已微蛀。

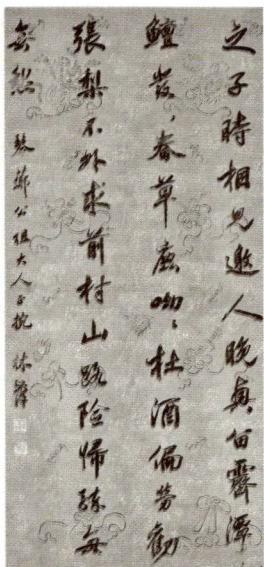

铜斗熨，皱似春波无数，酒痕襟上犹涴。归来未负三年约，死死生生漫诉。凝睇处，叹氍幕毡庐，久把文姬误。花风几度？怕白袷新翻，青蚨欲化，重赋赠行句。

这大概是邓廷桢在北京翰林院做庶吉士时写的词。翰林庶吉士、编修都是穷京官，在外放主考或放外官之前，只靠俸银、俸米及一些馈赠过日子，开销又大，是十分清苦的，跑当号是常事。在李慈铭的《越缦堂日记》中就常常记着他跑当号的事。穷翰林没有什么值钱的衣物，只有两件皮衣，甚至破旧貂褂，还能当几两银子。而且当时官场习惯如此，冬天一过，便把皮衣打点送进当铺，到了秋冬之际，再凑钱赎出来。到了明年春天，再送进当铺。邓廷桢这首《买陂塘》，写的就是这种情况。有苏季子金尽裘敝、末路穷途之感，充满了牢骚，抒写了感慨。如果了解一点清代未发迹的穷翰林的生活情况，就会觉得这首词写得实在好。不过后来邓廷桢发迹了，如果不发迹，做一辈子翰林院编修，那便一辈子处在这种牢骚中了。限于篇幅，略作介绍，供读者吟赏，就不一一详细解释了。

邓廷桢，字维周，号嶰筠，江苏江宁人。嘉庆六年（一八〇一）进士，改庶吉士，授翰林院编修，后官至两广总督、闽浙总督。鸦片战争《南京条约》之后，戍伊犁。两年释还，擢陕甘总督。道光二十六年（一八四六）卒于官。他的词主要学苏东坡。他评苏词云："清刚隽上，囊括群英。"对苏是推崇备至的。

林则徐是嘉庆十六年（一八一一）进士，也是改庶吉士、授编修，翰林院出身，在科甲上比邓晚十年。

"大江东去，浪淘尽，千古风流人物。"他们都是一百四五十年前的人物了。而这一百数十年中，先是帝国主义打开中国的大门，侵略中国；继之是民族革命，推翻清朝；又继之是反帝反封建，全国解放；又继之是什么呢？与世界同步发展的问题……解放四十年了，今天逛深圳、逛沙头角的熙熙攘攘的人群，谁会想到邓廷桢的《月华清》呢？传统文化没有了，新的、未来的又是什么？为此更感到有些寂寞了！

《清秘述闻三种》读后

　　在中华书局出版的"清代史料笔记丛书"中，有一套《清秘述闻三种》，其包括乾嘉时法式善的《清秘述闻》十六卷，王家相等人撰写的《清秘述闻续》十六卷，近人徐沅等《清秘述闻再续》三卷。这三种书记录了清代由顺治二年（一六四五）到光绪三十年（一九〇四），一百十三科会试、乡试全部主考、同考官的姓名、科第出身、籍贯，殿试三元的姓名、籍贯，各省乡试解元姓名、籍贯，各届会试、各省各届乡试的题目，以及各省学政姓名。虽非官书，但其完备程度，也同官方史籍一样翔实。不过，这却不是一部有趣的讲掌故的笔记书，因为全书只是人名籍贯、官衔和各次考试的题目。如作为闲书来看，那自然是十分枯燥的。因此我架上的一套，一直没有仔细看过。去冬因应人民大学出版社之约，写《清代八股文》一书，才把这书当作重要参考书之一，仔细看了一遍，又放在手边随时翻阅核对，才真正认识这书的编纂价值。这套书所记录的虽然只是些人名、籍贯，以及八股文、试帖诗题目，十分枯燥陈腐，但不夸张地说，却是一部清代教育、科举、人事制度的总汇，如再说得形象一点：每一个名字，不也就是活跃在那个历史时期的大活人吗？每个名字当年都以其毕生的聪明才智，潜心"八股"，以之为敲门砖，去敲科举考试，也就是功名利禄之门，如照贾宝玉式的言论，就是所谓"禄蠹"。但反过来一想，那样漫长的历史时代，那样大的国家，那样纷纭的社会，那么多的百姓，如果没有一个健全的朝廷机构，或者说没一个好的政府机构，没有不断的新陈代谢的精明强干官吏来形成核心来管理社会，那能够想象吗？因此为当时社会、当时老百姓来着想，宁可没有贾宝玉、没有曹雪芹，却不能没有这些"禄蠹"。"禄蠹"者，宝二爷对其蔑视之称也

（自然这也同曹雪芹的没有功名、潦倒终生的遭遇有关。不过，这里不多论此是非，略做说明而已）；如果不予蔑视，那就应称作"两榜出身"，或"正途出身"，等等。

科举制度为清代二百六十一年政治机构补充人才提供了长期的保证；八股文又为科举制度提供了训练人才和遴选人才的有效手段；私塾教育和"四书""五经"则为八股文训练提供了方便的场所和延续文化传统的固定教材。世界上从古至今以至未来，没有一种完美无缺、毫无弊端的制度，因而在历史中的科举制度自然不是完美无缺，但它却在历史长河中延续了上千年，足以证明它的生命力。以"八股文"为科举考试主要内容的制度，在明、清两代也延续了五百来年，相对来说，对于每个参试者

▼《清秘述闻三种》书影

标准是客观的，机会是均等的，录取是公平的。自然这是相对来说，不能绝对化。因为一是考官水平不同，糊涂考官常常屈了真才；二是偶然有些作弊的情况，这样使营私者反而得逞，真才实学被屈，名落孙山。但还有补救办法，即一次考不取，第二次再考，第三次、第四次……一直考到老，只要有一定文采，大体能在乡试中考中。除去运气极差，或学问虽好，却始终摸不到"八股"窍门的，那只是极少数的例外，如《聊斋》作者蒲松龄等。自然考中两榜，中个进士，的确也是很难的。正因为是相对公平的竞争，又十分困难，所以得到社会上长期的普遍公认，都认为科举考试是最隆重、最荣耀甚至是神秘的事。《清秘述闻》一书，及其《续编》《再续编》，就是在这样的社会基础和思想基础上产生的。

《清秘述闻》编者法式善，字开文，又字梧门，号时帆，蒙古族乌尔济氏，隶内务府正黄旗，生于乾隆十八年（一七五三），卒于嘉庆十八年（一八一三）。乾隆四十五年进士，官至侍读学士。《清史稿》入《文苑传》。按，法梧门原名"运昌"，清高宗为改名"法式善"，即满洲语"奋勉"之意。翁方纲序其另一书《陶庐杂识》云："梧门姓孟氏，内府包衣，蒙古世家，原名运昌，以与关帝字音相近，诏改法式善。法式善者，国语奋勉也。其承恩期望如此。"翁方纲所说"姓孟氏"，自是旗人叶音冠汉姓，自不同于孟子的孟姓。简单说他是蒙古旗才子，由进士授翰林院检讨，是史学家又是诗人，家住地安门外什刹海，是明代李东阳西涯府邸旧址，号梧门书屋，并设"诗龛"，名流吟唱赠诗，即投其中，主诗坛三十年，都人谓可接迹西涯，是乾嘉之际旗人中的大名士。但他不只是吟风弄月的诗人，且又博稽掌故，勤于著述，除《清秘述闻》十六卷外，尚有《槐厅载笔》二十卷、《陶庐杂识》六卷、《存素问集》（按，疑为《存素堂集》）若干卷，并编其时各家诗为《湖海集》六十卷。法梧门自进士授检讨而后，长期在翰林院服官，又充四库书馆提调官。当时科举时代，翰林是士林最仰望的人物，翰林院是政治人物的储才馆，是学术文化的大本营，所谓玉堂清要、翰苑秘府，因而书名《清秘述闻》。"清秘"二

▶ 法式善像
（《存素堂诗初集录
存》卷首）

字，"秘"与"闷"通，又因《诗经·鲁颂·闷宫》诗境，于是清代"清秘"二字，基本上成了翰林院的代称，所以专记会试、乡试考官、题目、三元的书，以《清秘述闻》名之。如果说成通俗大白话，那就是"翰林院记事"了。旧时琉璃厂有著名南纸店叫"清秘阁"，也取意于此，也许意在做老翰林的生意。辞典中"清秘"二字注，引唐人张九龄的诗："轩掖殊清秘，才华固在斯。"反过来正好为翰林院的雅称作注。实际在清人诗文中，"玉堂""清秘"等词语，都是专指翰林院的。书前在其自序中说：

　　乾隆辛丑，法式善散馆授职检讨，充四库书馆提调官，凡夫史氏之掌记、秘府之典章，获流览焉。嗣后再充日讲起居注官，司衡之特命，试题之钦

颁，皆尝与闻其事。又充办事翰林官，
玉堂故事，前辈风流，与夫姓字里居，
迁擢职使，益得朝稽夕考，儤直之暇，
一一私缀诸纸尾，同馆诸先生见之，
谓可备文献之征，遂分年编载，事以
类从，厘为十六卷。

序言十分简洁，说清编书过程，是个
有心人，此书是在工作中长期积累资料记
录编撰的。《清秘述闻》和其另一部官国
子监祭酒时所著《槐厅载笔》二书都是专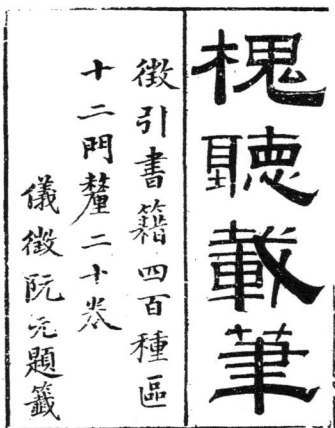

▼《槐厅载笔》书影

记科举、翰苑故事的书，被
当时人合并称为"科名故实
二书"，有大兴朱珪和大兴
翁方纲的总序。朱珪是乾隆
十三年戊辰（一七四八）进
士，翁方纲是乾隆十七年恩
科进士，都早于法式善三十
多年，是法式善的老前辈。

清代科名最重辈分，与本书关系极大，这里必须先做一些说明。

　　科举考试制度不只是一种选拔人才的手段，而且是一种维系政治组织力量、保持政治力量平衡与团结的重要手段。这里必须从其师生、辈分、同年等关系说起。先说乡试，每届乡试，顺天、江南、江西直到贵州，共十五个省级试区，由北京外放三十名考官（正、副各十五名），到各省主持举人考试。正、副主考之外，还要临时再调派许多名同考官帮同分房阅卷。同考官阅卷看中的卷子，再呈送正、副主考审阅，决定录取与否，俗称"荐卷"。如虽同考官看中送给正、副主考，而正、副主考重阅最后未录取，就称作"荐而不售"。如同考官送呈后被正、副主考取中，那便榜上有名了。这时正、副主考与新得中举人便建立了"师生关系"，最初阅卷的同考官和新中举人也建立了师生关系，称作"房师"。新中举人甲与乙之间，也建立了"同年"关系。这种师生关系、同年关系，完全不同于现在的师生关系、同学关系。其最大不同，简单地说：就是一种极重要的"政治和权势同盟关系"。对于考官和得中者都有极现实的利害关系的。因为正、副主考及同考官不像现在主持高考的那些无权无势的穷教授，他们都是掌握着各种实权的官吏和即将做官的人。乡试之后，会试、殿试，历届考官更是由大学士、各部尚书、都御史等大官担任，这些人官既大，又都是进士出身，甚至不少是各种学问专家。十八房同考官也都是进士出身，大都是翰林院编修、检讨或各部员外郎、主事、御史等实缺京官。这样取中的新进士，便相互又建立了"同年"关系，和考官、同考官又建立了"师生关系"。新进士的起点官，是翰林院庶吉士、各部主事、外放各省即用知县，或是教谕，用现在的话说，一起步就是"县团级"的官，而且是有职有权的，这样"师生关系"就是十分重要的政治关系、政治保障。新进士有做大官的老师做后盾，大官又有新进士二三百人的力量做支持，这样上下联手，一代一代，老师之上有太老师，门生之下有小门生，形成锁链式的老少几代联盟，是官场势力的结合，也是政治、文化的联盟。而且又新陈代谢的，通过考试遴选的，既起到政治上的团结作用，又避免了无标准地引用私人。亲王、郡王等王爷，贝子、贝勒，虽然高贵，权势显赫，却不能当会试主考官、阅卷大臣，等等，不能成批地网罗人才，形成各人的政治集团力量，因而权在皇帝手中，殿试三元叫"天子门生"。科举制度对清皇室的政治稳定起了巧妙的平衡、巩固作用。细说太复杂，略加解释，就更看出《清秘述闻》一书对当时及现在研究清代历史的重要作用。看上去只是一些枯燥的人名、出身、官衔，远没有一些讲掌故佚闻的笔记书看起来有趣，但就是这些人名，却织成一个清代二百六十多年的政治关系网。就当时来说，这固是一种十分重要的书，对今天研究清史来说，也是一种十分方便重要的文献。再加中华书局新版此书的编者，又把《续编》《再续编》汇编在一起，并运用新式的较科学的手段，在后面附了新编的《〈清秘述闻三种〉索引》，这就更方便了读者。许多重要科举人物，何年中进士，何年任房考官，何年放主考，何年任学台，何年任会试大主考，了解这些，便可知其在当年的人际关系网，在政治上、文化学术上的各种靠山、各种师承，这在《清史稿》《清史列传》中查不全，而在此附有"索引"的《清秘述闻》中却一索便得，岂不快乎？

不妨举个例子：如给"科名故实"二书写序的朱珪，赞许此书是"实事求是，文献足征，详矣，确矣"。自称是"珪无状，自年十八选馆，出入中外，三入翰林，今且岿然忝二十科之首，称先进焉。服官五十二年，每以人才为断断，而尤念释于翰林诸君子……"写序是嘉庆四年己未（一七九九）八月，这年他是会试大主考，其主要官衔是"吏部尚书兼管户部三库事务"，写全衔前面还要加"经筵讲官、太子少保、南书房行走、实录馆总裁、国史馆副总裁、教习己未科庶吉士"等。他十八岁就中进士，是乾隆名臣，又是嘉庆师傅，

▼ 朱珪像

《清史稿》有传，但要详查他与科举关系，从《清秘述闻》中很快就可排一简表如下：

乾隆十三年（一七四八），戊辰进士，十八岁

乾隆二十四年，河南乡试副主考

乾隆二十五年，庚辰会试同考官

乾隆四十三年，戊戌会试同考官

乾隆四十四年，福建乡试正主考

乾隆四十五年，外放福建提督学政

乾隆五十一年，江南（包括江苏、安徽）正主考

乾隆五十五年，以吏部侍郎充会试第一副主考

嘉庆四年（一七九九），以吏部尚书充会试正主考

嘉庆十年，以内阁大学士充会试正主考

从上列简表中，可见他除十八岁，以类似神童的年龄考中进士外，二十九岁即以编修身份外放副主考，自此直到七十六岁，九次任考官、学政、乡会试主考，算算他该有多少门生，而且遍布全国，不断有新人补充，这样他的政治基础、联系的面有多么坚固

广大。于此我们就可以理解清代科举制度，完全是把教育、考试、政治、文化有机地联系在一起，而形成巩固的政治力量，比任何政党的结合还要自然严密。如此理解，才能理解清代的政治组织本质。清代会试、殿试后，一、二甲名次在前者，大部分入翰林院做庶吉士，进一步为检讨，再上来为编修，这等于大官训练班。几年之后，先放一任副主考，收一批门生，初步建立政治基础。再过几年，放一次正主考，再收一批门生，进一步有了政治基础。再几年外放，就是实缺道员，然后升按察使、布政使、巡抚、总督，内调就是侍郎、尚书，再进一步为大学士、入军机，朱珪就是沿这一途径升官的。其他名人如林则徐、曾国藩等也都是这样上来的，所以社会上对翰林院那样仰望。尽管翰林院检讨、编修十分清苦，但他们一是凭本事考上来的，一般都是较为杰出的饱学之士；二是他们前途远大，做大官的可能性大而快。进士名次靠后的，分各部主事，或外放县丞、知县，用现在的话说，从基层做起，那升转就极慢，部中主事、员外郎，辛辛苦苦做上二三十年，侥幸外放，不过一个知府。而编

修放过主考，再一外放，就是道员，三转两转，就是
巡抚，老同年不少还是知县呢；第三，外省巡抚、总
督，京内侍郎、尚书，大多是当年的翰林。因而所谓
"玉堂清贵"，并不是空洞的清高，而是有实际权势力
量的。因而《清秘述闻》一书的重要首在于此，其次
又有王家相等人的《清秘述闻续》、徐沅等人的《清秘
述闻再续》。续书的编者也都是进士出身的人；再续编
的徐沅、祁颂威等，虽非科举出身，但都是科举名人
的后人。如祁颂威，山西寿阳人，便是光绪时都御史
祁世长的子侄辈。而祁世长又是祁寯藻的后人。清代
这样的科举世家也是不少的。"续书"和"再续书"继
承法式善《述闻》的体例，一直编到最后一科，使之
成为完璧，成为研究清代科举制度的完整重要文献，
也是极有价值的。

再有一点，至此也略做说明，即《清秘述闻》及
其两种续书中，除详细记录了各届乡、会试考官，同
考官，及各省学政姓名、表字、籍贯、科第年份、官
职等十分清楚、足资查阅外，还详记了历届乡、会试

的题目，即八股文和试帖诗的题目。这里要指出的是：乡、会试都要考三场，每次两天，在考场中过夜。首场三篇八股文、一篇试帖诗；二场考五经:《易》《书》《诗》《春秋》《礼记》；三场对策五题。会试发榜后殿试，也是策问，所谓"金殿对策"。但是得中与否，首先决定于第一场八股文、试帖诗。要第一场决定录取的人，才调阅二、三场卷子。殿试对策，也只是会试放榜之后，分一、二、三甲名次。因此《清秘述闻》只录乡、会试八股试题、试帖诗题目，其他五经、策问题，包括殿试题一概不录。因此科举考试，从此书所记，更可看出其实质就是八股文考试。清代继承明代由顺治二年（一六四五）开国之初，即以八股文开科取士，其间争议很多，康熙初一度取消八股考试。《清秘述闻》所记：康熙三年甲辰（一六六四）科会试，题目是《修己以敬论》，康熙五年丙午科乡试，各省也都是策论题，如顺天《君子欲讷于言而敏于行论》、江南《诗书执礼皆雅言也论》，等等。康熙六年会试题为《唯天下至诚为能化论》。此后康熙八年己酉乡试，则又恢复考八股文。后来，乾隆三年（一七三八）兵部侍郎舒赫德上奏折反对用八股取士，说是"徒为空言，不适于用"。但经礼部议予以驳斥，大学士鄂尔泰反对。驳斥的论点，并不否认八股是空言，却反问明清以来，国家人才未尝不是从科举八股考试产生。这是客观事实，难以否定，因此八股取士，未能废止。一直到本世纪初，光绪二十八年（一九○二）之后，才先废八股，后废科举。这已是百年前的历史了，但却留下一个十分重要的历史疑点，甚或是一个历史之谜，即以"四书"命题、破题、承题、起讲、八比、大结之八股空言，从小训练，直至考中举人、进士，这样的学习内容、训练办法、考试手段，为什么能通过考试，遴选出那么许多历史人才呢？空洞的八股文和杰出的人才之间，究竟是什么关系？如对其没有一个较清楚的认识，不能用比较科学的观点予以说明，那么对明、清两代的历史认识也是模糊的。自从废除八股文之后，本世纪以来，也有一些谈论八股文的书，却大多也只是介绍其形式，重复前人批判八股文的议论，并不能解释这一历史疑点，这是令人很遗憾的。我在去年写的《清代八股文》一本小书中，试着用现代认识论、教育原理的观点分析，才感到最大的作用是强化限制思维能力的有效训练，从幼年训练起，使之很自然地掌握一种准确、敏锐、全面的思维方法，克服漫无边际、不知如何是好、无所措手的自然状态，形成遇事处处能全面地思考问题的习惯。如"破题"，只要两句，但一下要把题旨分析开，引导儿童就这样去想，这实际就是从小训练儿童"一分为二"的思想方法。各股文章两两对照，实际也就是训练现在常说的"辩证思维方法"，是最有效地克服片面思维的手段。试想这样来理解八股文训练，该有多么奇妙呢！历史疑点可迎刃而解了。

末了再拖个小尾巴，就是法式善《清秘述闻》卷首，还有一篇江阴王苏写的序，是一篇洋洋洒洒两千余言的骈文，写得实在漂亮，有内容、有文采，如文章一开始道：

> 槐花时节，星衢捧出使之符；桂蕊因缘，月地讽登科之记。班连诸省，滒文露以分光；恩许

三年，怀清冰而小住。撤幕之香易歇，煎茶之响难留。倘爵里之未题，将见闻之互易。

当时知识分子，对八股文、科举考试、科名种种，都是怀有极深厚感情的，所以在内容枯燥的书前，却有这样动人的序。八股老手能写出这样绮丽的骈文，此可见科甲出身人的实学和文字功力。敬告翻阅此书者，千万不要忘了好好朗读一下这篇序。细说太繁，就此结束吧。

《王国维全集·书信册》与《颐和园词》

　　由中华书局出版的《王国维全集·书信册》使我想起了姜德明兄嘱我写"罗振玉写印本《颐和园词》跋"的事。这本"书信"的出版，为我写这个跋提供了极为珍贵的第一手资料。

　　上虞罗振玉氏手写石印海宁王国维氏《颐和园词》，乌丝栏，页六行，卷首扉页，小篆"颐和园词"四大字，亦乌丝方格。"和"作"龢"，篆法妩媚圆润，不做铁线法，乃罗氏中年神到之笔。扉页背面，乌丝小格，行四字，四行，如六朝砖铭，文曰：

　　辰在壬子二月，比叡宾萌手录并篆首。

▼ 一九一六年罗振玉（右）、王国维（左）在东京净土寺町永慕园合影

文后镌有朱文小章，甲骨文"磐石"二字。

壬子，即一九一二年。"比叡宾萌"用《吕氏春秋》"比于宾萌，未敢求仕"语意，意思是"客民"，不求官做。"比叡"二字费解。蒙守俨先生赐教，"比叡"是京都的山名，风景很好。此时罗、王二氏均正客居日本京都。此书乃静安先生《颐和园词》最早之印本，亦可称作"祖本"，待收入《壬癸集》中，京都圣华堂以江州旧木活字印行，已在此本之后一年多了。

关于《颐和园词》的写成和印刷出版情况，在《艺风堂友朋书札》及《王国维全集》中"书信册"出版后，有不少文献可以征引。一九一二年四月十日，即农历壬子二月二十三日，王静安先生致缪荃孙氏函云：

前日接手书，并《石经诗》等，敬谂杖履
安和为颂。《颐和园词》数日内即可印成，再行
奉寄。

函中说的即此罗氏手写石印本。

同年五月三十一日，即农历四月十五日，致日本
汉学家铃木虎雄氏函云：

豹轩先生执事：久未奉教，殊深渴想，前从
《日本及日本人》中，见大著《哀清赋》，仆本拟
作《东征赋》，因之搁笔。前作《颐和园词》一
首，虽不敢上希白傅，庶几追步梅村。

同年六月二十三日，致铃木虎雄氏函中又云：

《颐和园词》称奖过实，甚愧。此词于觉罗氏

一姓末路之事略具，至于全国民之运命，与其所以致病之由，及其所得之果，尚有更可悲于此者，拟为《东征赋》以发之，然手腕尚未成熟，姑俟异日。

据以上所引数函，不唯可以确证《颐和园词》之写作、印刷时间，同时于静安先生写《颐和园词》时之思想感情、写作动机，对自己作品珍爱之深情，亦可略窥一二。静安先生致铃木函中称清室为"觉罗氏一姓"，对光、宣之际及清代灭亡概称之为"末路之事"，殊令人特别注意。当时辛亥武昌起义刚过去几个月，民国初立，根据优待清室条约，溥仪在宫中仍是清室小皇帝，奉

▶《颐和园词》书影
（《观堂集林》本）

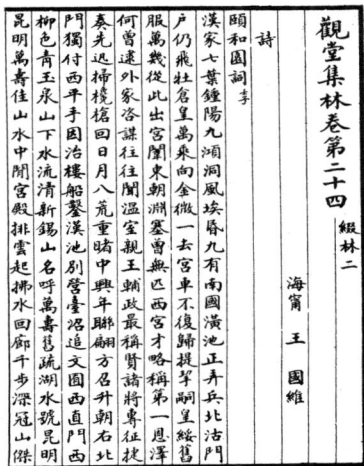

观堂集林卷第二十四　缉林二

诗

颐和园词并序

海宁　王国维

汉家七叶钟阳九，澒洞风埃昏九有。南国潢池正弄兵，北沽门户仍飞杜尚甄巢向金微。一去宫车不复归。提苇艞舻旧服万载俊此出宫闱东朝渭室。西宫才略称第一思泽何曾遽外家咨谋往往闹温室观王辅政最稍贤诸将专征挟奏先迎拂楼船回日月八荒重睹中兴年联翩方召升朝石北门独付西平手固治楼船汉池别营台沼迤文圆西直门西柳色青玉泉山下水流清新锡艰山名呼万寿琵琶疏湖水琼昆明昆明万寿住山水中开宫殿排云起拂水回廊千步深冠山巘

《王国维全集·书信册》与《颐和园词》　097

"宣统"朔望,光绪皇后隆裕还活着,一大批遗老还是开口"皇上",闭口"太后"。在京的不少遗老,每天还要进宫朝见。而静安先生写给异国学者的信,却直称之为"觉罗氏一姓",等等,这不能不说明当时的静安先生是有民主思想的。静安先生此时思想情况似大不同于一九二〇年前后的情况,如以此为线索探求一下静安先生一九一一年至一九二一年之后这十几年中的思想变化过程,是十分有意义的。如果简单地探询一下,静安先生的思想,为什么后来反而倒退了呢?我想,这恐怕同北洋军阀连年混战的现实分不开吧。也就是昔日的希望和怀疑,被后来的一个接一个的现实所冲击而破灭,最后只剩悲观和绝望了。在此略书感会,俟认真学习研讨后,再著文详论之。

按,赵斐云(万里)先生《王静安先生年谱》记载:一九一一年辛亥武昌起义后,静安全家即随罗振玉氏东渡日本,避居于京都。其时已届辛亥岁末,公历一九一二年年初矣。壬子二月作《颐和园词》,并由罗振玉氏为之石印。以上数函,可以对照《年谱》所记参看。

关于《壬癸集》，据一九一三年五月十三日，即癸丑四月初八浴佛日，先生致缪荃孙氏函云：

> 至东以后，得古今体诗二十首，中以长篇为多，现在拟以日本旧大木活字排印成册，名曰《壬癸集》，成后当呈教。

此即"圣华房本"。亡师刚主夫子藏有此书，曾手录《颐和园词》以相赐。并跋云：

> 右录王静安师《颐和园词》，用《壬癸集》本，日本京都圣华房以江州旧木活字印行本也。徒以时间匆匆，未能以小楷书之为憾。承云乡兄雅令，至祈谅之。一九八〇年三月十四日写于北京寓庐，谢国桢记。

先生跋中如此厚爱，我十分感激，便想如何才能不辜负老师教导之情呢？这便是《静安先生〈颐和园词〉本事》一文的写作动机。但等到文章在《学林漫录》上刊出时，先生已作古两三年了。

写《本事》一文时，此文所引各函，均尚未见到，草草成文，臆断之处甚多。本来是想不辜负先生的厚爱；反而治学不严，却又辜负了先生的教导，似此情况，实感惭愧。今日写此小跋，前景历历，如在目前。重睹刚主夫子手迹，思之不禁黯然。人天永隔，几砚侍从之欢，已渺不可追矣。悲夫！

此词静安先生自云"虽不敢上希白傅，庶几追步梅村"，是什么意思呢？且看先生与铃木虎雄氏函中进一步的解释：

> 盖白傅能不使事，梅村则专以使事为工。然梅村自有雄气骏骨，遇白描处尤有深味，非如陈云伯辈，但以秀缛见长，有肉无骨也。

盖自许梅村，以"使事"为工。我写《本事》，亦着眼于此点。但当时未见此函，而幸未背离先生原作骊珠，亦稍感自慰。

原因是使事多者，在每句艺术诗句后，都有具体的史实，如不了解其"使事"之所来、所自，后之读者，事过境迁，只读字句，纵使知道出典，亦无从知其词之所指，事之原始矣。昔人于西昆诗有"独恨无人作郑笺"之叹，原因正在于此。所以我只想写《本事》，而并不想也不敢写注释。读康熙时查嗣瑮《查浦诗抄》中的《燕京杂咏》，既感其洋洋大观，又叹其每首中所写内容，朝野掌故，难以窥探，不易理解。近人濮一乘《长安打油诗》表现虽较明显，但不少现在也成为历史陈迹，后人看不明白了。这种诗只是字面注释，查查《佩文韵府》注出典故，甚至译成白话，那照样是读不懂原诗的。比如龚定庵的《己亥杂诗》，便是最好的例子。

一九八五年七月，友人姜德明兄雅爱，将珍藏之罗氏写印本《颐和园词》寄沪嘱为题跋。此书当时印数极少，静安先生分赠友人可考者为缪荃孙、铃木虎雄、梁鼎芬数人。距今已七十三年矣。德明兄所藏此册，纸墨如新，洵为善本，弥可珍贵。留水流云在轩数日，几经拜读，爱不忍释。因写此小文，说明经过，以志墨缘。

　　大暑后三日，挥汗于阁楼下。一九八八年初夏修改于京师阜外客舍，出访新加坡前二日。

读《藏园群书经眼录》

《藏园群书经眼录》买了很久了，而直到近日我才极有兴味地阅读了它。

我很爱看书目一类的书，包括各种目录，如《天水冰山录》，本是严嵩分宜老家抄家的清单，而我逐条阅读就很感兴味。只可惜它各条下面缺少一点注解。而各家书目中，有三言五语注或跋的却很多，读起来就更感兴趣。藏园老人这部大著，正是这样的。

鲁迅先生说过，不读书的人，弄一部《四库全书总目提要》读读，就可以冒充读过很多书，是个很有学问的人了。虽然《四库提要》也是我爱读的书，不但看过两遍，而且迄今还常常查阅。但我绝不敢冒充是个有学问的人，老实说，我只不过是混过一张大学文凭的小知识分子而已，斯文末路，哪里敢说"学问"二字呢？

我爱看书目一类的书，说来理由很简单，只是"感兴趣，有味道"而已，很像爱看老的大饭庄子菜单一样，什么"红扒鱼翅""黄焖鸭块""烩两鸡丝""三不粘"，等等，虽然吃不到，但看着菜名，也口角生香，馋涎欲滴了。如下面再批上"熏鸡和生童子鸡胸脯肉切丝同烩"，"蛋黄调糯米粉，加白糖大油炒，不粘盘子、筷子、嘴"等，那就更耐想象了。

▼ 傅增湘像
徐悲鸿绘（一九三五）

虽然我抱着这样的心态阅读目录巨著，对于前辈学人说来，似乎不恭，但我真实感受如此，亦未便说谎。而且我也感到：知

之者不如好之者，好之者不如乐之者，自得其乐的读书真趣，也正在于此。

藏园老人是我国晚近最著名的版本目录学前辈，学问渊博，其对版本之考核精赅，真是到了炉火纯青的惊人地步。如宋刊本《扬子法言注》十三卷按语云：

是书秦氏石研斋已覆刊行世，人多有之。然余尝取校，其卷十三第三叶秦本注明宋本缺叶依何焯校本补者，宋刊此叶固赫然具在。秦本之行格起止及文字俱有差失，可以据改。又，是书前人据音义后列国子监校勘官衔名，定为此宋治平监本。然详检卷中，宋讳桓、慎均缺末笔。其刊工吴中、秦显、章忠、李倍等见余藏宋刊《南齐书》，王寿、章忠又见余藏宋本《太玄经》，然则此书为南宋孝、光之际浙中所刊，非治平监本明矣。沅叔。

同一宋版书，北宋、南宋年代不同，同一年代，监本、坊刻又不同，"治平"是北宋英宗赵曙的年号，公元一〇六四到一〇六七。而"桓"字，则是钦宗讳，已是一一二六年即五十九年以后的事了。显见治平年刻书不可能预见避钦宗的讳。必在钦宗之后所刻，自是南宋本了。而"慎"字为何缺笔呢？南宋孝宗名"昚"，"昚"是"慎"的古字，因此"慎"字也缺笔。据"桓""慎"二字缺笔可定为南宋本矣。按讳字缺笔判断古书刊本年代，在版本目录学家，本是常见的，而难得如此精密细致。从一个字的缺笔上便有力地纠正了前人的错误。何况还有那么些相同于南宋其他刻本的刻工姓名呢。

宋版书常常刻有刻工的姓名，一般都刻在版心处，版心上方刻书名、几卷等，中鱼尾，下页数、刻工姓名。有的刻工姓名非常多，如所记《史记集解》一百三十卷，北宋刊递修本，原版刻工有六十余人刻着名字。补版也有四十七人刻着姓名。又如宋明州刊绍兴二十八年补修本《文选注》六十卷。原版刻工记姓名者三十七人，补版刻工记姓名者六十一人。就是前面所说的《扬子法言注》，也有刻工姓名三十一人。均可见每部书都成于许多刻工之手，很可想见宋代印刷业规模之宏大，从业人员之众多，这种真切的历史感受，是从印刷史之类的书中无法得到的。《经眼录》中不但在多处详记了这些刻工的姓名，而且想来均已熟记心中，所以一看《扬子法言注》的刻工姓名，多是南宋者，以自己收藏之《南齐书》《太玄经》一对，便立见分晓了。

南宋本被认为是北宋监本，是差的被错认为好的。自然也有好货一般不识者。如《史记集解》北宋刊递修本跋云：

此书海内孤本，数百年来不见著录，余丁巳岁得于文奎堂书坊。微闻书出山右故家，贾人初获时亦不无奢望，挟之遍扣京津诸藏书名家之门，咸斥为南监烂版之最晚印本，岁余无肯受者。遂漫置架底，任其尘封蠹蚀，乃为余无意获之，物有遇有不遇，信然！不然长安逐鹿者多，其价将十倍而未止，岂区区微力所克举哉！沅叔。

学人考证版本，多以明清以来名家著录、题跋、印记为依据，如毛晋汲古阁、黄丕烈、何义门，等等，不见著录之孤本，一般治版本目录者则无法知其源流，轻视之矣。"书出山右故家"，山右是山西，山西明清以来，学问家并不多，但有钱人家多，喜欢买书，几代相传放在家里。所以清末到三十年代间，北京琉璃厂收旧书的商人，都喜欢到山西晋南乡间收书，自然是一本万利的生意，很买到一些好书。但这些藏书家都不同于江南天一阁、铁琴铜剑楼、山东海源阁，等等，其所藏书既无考证题跋，也无图记。出售时就难遇到真识主了。此书幸而遇到藏园老人法眼，以低于市价十倍之价无意得之。其感叹"遇与不遇"之欣喜情怀，在跋语中跃然纸上了。

而这种"奇遇"固不止一次焉，明万历三十年壬寅（一六〇二）绵眇阁刊本《先秦诸子合编》十六种三十五卷按语云：

此即世所传绵眇阁子书也，余求之二十年不可得，即残篇散帙亦未经目睹，盖传世之稀如此。己未六月游金阊，晤叶郎园同年，谓家有数种，濒行遂以《晏子春秋》一册相赠，余因是始得识是书面目。翌日至上海，宿李紫东书楼中，检取明刻书十数种，已捆载将行，因待陶兰泉湘不至，乃登陟几案，流观架阁，搜得此书，惊喜过望，询其值须四十元，遂如值收之。紫东为余收书十余年，不知余之求此，仅视为寻常明刻丛书等……岂知其罕秘乃如此哉！设非冥索穷搜，几于当面错过矣。书为黄寿收自江北，虫伤颇重，《文子》《亢仓子》《公孙龙》缺蚀甚多，当访友人中有藏此本者补完之。己未六月廿四日扬州旅次记。沅叔。

这一则的喜出望外的心情，较之前面

所记是有过之无不及了。己未是民国八年（一九一九），这已是七十年前老话了。这两次"奇遇"，都提到书的价格，宋刊递修本《史记集解》未写明价多少，只说如被人争购，"价将十倍而未止"。明刊绵眇阁《先秦诸子合编》则写明是四十元。按，当时最贵的是宋版书，《胡适的日记》一九二一年七月十九日曾记云：

> 看涵芬楼藏书……今天见的有一部黄荛圃藏的宋《前汉书》二十册，价二千元。其实二千元买一部无用的古董书，真是奢侈，他们为什么不肯拿笔钱买些有用的参考书呢？

当时的完整的好宋版书，一般是一百元一本。《经眼录》中记有两种《春秋经传集解》的书价，一是宋抚州公使库刊本，钤有"八征耄念之宝""太上皇帝之宝""乾隆御览之宝""天禄琳琅"诸玺，存卷一、二，只两卷。全书则要三十卷。按语云：

> 彭城仲子手跋称为真宋监本，希世之珍……

癸亥岁得之东华门外冷肆，价一百五十元。丁卯
岁清点故宫藏书，则全帙固在，惟缺此二卷及第
九卷。

全套三十本，只两卷残书，还卖一百五十元，一
册已合七十五元。如全帙，则定可值三千金，每册
一百元矣。"癸亥"是民国十二年（一九二三），宣统尚
在宫中，东华门冷肆，即小古玩书铺，是专门卖宫里
偷出来的赃物的，可见当时宫中失窃是十分平常的了。
"丁卯"是民国十六年，当时故宫博物院已开始清点宫
中古物了。

另一部《春秋经传集解》，是明代翻刻阮氏种德堂
本。书中记云："辛酉十一月十六日孙毓修送阅，海虞
瞿氏书，出以助赈者，号称宋刊，索千元。""辛酉"
是民国十年（一九二一），"海虞"是常熟，"瞿氏书"
是铁琴铜剑楼藏书，"号称宋刊"，要价就低多了。过
去买旧书，虽有基本行情，实际也是漫天要价、就地
还钱的买卖，索价与成交之数，一般打个对折是不成

问题的。

一般明版书，价钱要便宜得多，如所记《画继》等十一种书，共三十六卷，明翻宋陈道人书籍铺刊本。注云："苏州来青阁杨寿祺送阅，索二百元，己未。"再如："《滹南遗老王先生文集》四十五卷、附续编诗一卷，己巳九月过申见于陈乃乾处，索二百四十元，已收。"一般明版书当时每册是四五元之间，他以四十元买到明绵眇阁《先秦诸子合编》三十五册，虽然"虫伤颇重"，但每册只一元多钱，自是十分便宜的了。写到此间，不禁想起当年鲁迅先生拿了一部明版书，想卖给藏园老人的事，因为只给八元，先生十分不满，文中提到此事还悻悻然。这种老辈之间的趣闻，现在已很少人知道了。其实当时明版书的价钱是不很高的。《张元济傅增湘论书尺牍》中载有不少当时书价单，其中记《隆庆四年登科录》二册，明刻本，八元；《翠屏集》二册，成化重刊本，八元。可见对鲁迅先生的书，也只是照行开价，或稍低些，但也不是故意压得很低。这从以上各明版书的价格中可以看出。

胡适先生日记中的话，说得太天真，是聪明人说糊涂话了。因为藏书家是收藏珍本善本，其兴趣一是讲版本校勘学问，二是当古玩财富收藏，古书越来越少，故价钱越抬越高，这同作学问的人买参考书是两回事。他把性质不同的事比较而感慨之，未免有措大的呆气了。

当时因为宋版书值钱，所以便有人作假骗人，也有人上当了。如《孔子家语注》十卷下记云：仿宋刊本，九行十七字，注双行二十四五六字不等，白口，左右双栏，中版式，"贞""慎""让""桓""树""殷""玄"皆缺末笔。藏园老人在后面跋道：

> 此书徐敬宜新收，余乍视之颇疑为宋刊，及细玩之，则字体板滞，但具结构而略无神气，刀法亦乏峻峭之势，必为近数十年内依宋本重翻，而用旧纸摹印，以故示狡狯，讹惑后人也。此书敬宜以二百金得之。项自上海书肆购得一本，与此正同，乃知为光绪壬辰上海扫叶山房照宋本缩印翻刻者，其直一金耳！癸酉二月廿五日记。

"癸酉"是民国二十二年，"壬辰"是光绪十八年，前是一九三三，后是一八九二，前后相差四十一年。一本一金，十本十金，十金的东西居然有以二百金去

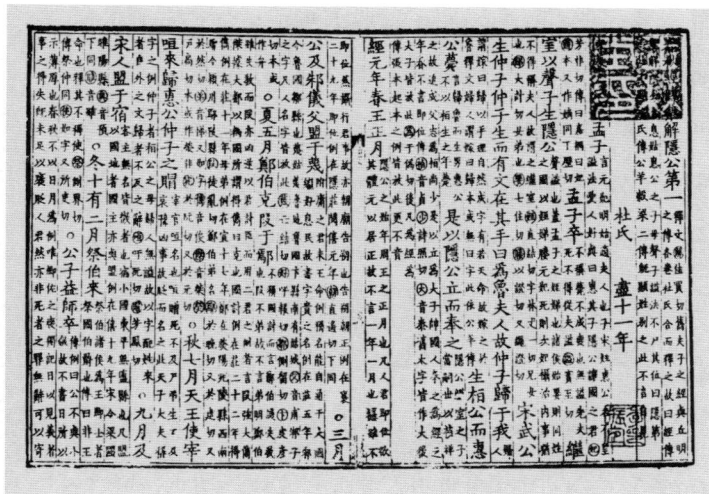

▶《春秋经传集解》宋刻本书影

买，这就是迷信宋版书的下场了。什么东西，一陷入迷信境界，必然要上当了。

书中所记宋版书，还有更贵的，如宋刊《新序》十卷，注云："海源阁书，丁卯十月廿九日见于天津，索五千五百元。""丁卯"是民国十六年（一九二七），黄金六七十元一两，价值可推算矣。

真宋版书，在书商手中，常常重新装

订。装订时要拆开，原在每册书皮前后，常常有空白页一两张，重新装订时抽出来，攒上几百张，或者补印残缺一两册的真宋版书，使残书成为完整者，可卖大价。或翻刻宋版书，以这些旧纸来印，冒充真货骗人。即使行家也难以辨认。如再用旧墨印，科学检验也难辨真伪。此书藏园老人先是从字体神采上怀疑，等到买到一本相同者，才以真凭实据确认其伪耳。

好多旧书铺卖的宋版书，不少都不是正路得到的。如前说从冷肆中买到的两本宋版《春秋经传集解》，就是从故宫偷出来的。这一偷，使宫中完整的书变成残缺的了。另外也不少偷私人的。《新序》十卷，明刊本，有黄丕烈跋，原是山东聊城海源阁藏书。后面跋云：

> 此书自海源阁被盗劫出，邢赞庭之襄先得首册，不及百元，嗣下册出，估客居奇，竟以四百元合之，可谓厚价矣。沅叔记，甲戌二月七日。

按，"甲戌"是民国二十三年（一九三四）。南方乡间的藏书家多，北方的少，海源阁是北方唯一著名的，有四部宋版经书、四部宋版史书，建有"四经四史之堂"。聊城在山东西面，属鲁西贫穷地区，军阀混战时，是军阀土匪争夺盘踞的地方，海源阁藏书除极重要的珍本预先送到天津租界银行保险外，其他大部为匪兵所毁。据传张宗昌兵驻聊城时，擦大烟枪烟油都用的是宋版书，其狼藉情况可想见矣。这部《新序》被盗卖，倒保存了一部古书，盗卖者虽然赚了几个钱，倒是有功的了。当年孔乙己说：偷书不算贼。因为他还知道书是有价值的，比烧书、用书擦大烟枪好多了。

伦哲如先生《辛亥以来藏书纪事诗》，有两首写藏园老人的。其诗后注解道：

江安傅沅叔先生增湘，尝得宋、元《通鉴》二部，因自题双鉴楼，比年南游江、浙，东泛日本，海内外公私图籍，靡不涉目，海内外之言目录者，靡不以先生为宗。先生于书随弃随收，毫不滞滞，近者又去宋刊四种，易一北宋《周易单疏》。每慨黄荛圃、张月霄辈，汲汲一世，晚岁乃空诸一切，盖由役于物而不知役物，卒以自困，若先生者进乎道矣。

先生刻《藏园题跋》二册，《续题跋》二册，言皆有物，自云每遇一宋、元本，或明抄本，必以他本过校一次，书不能皆为我有，已不啻为我有矣。又云："每日校书以三十页为度，平生所校约八千卷，今后当日有所增也。"

诗及注写于"乙亥"，即民国二十四年（一九三五），十分概括，等于老人的一篇"小传"。读《藏园群书经眼录》及这篇"小传"，就我来说，其所感受者，还不只是知识上的、学问上的、历史上的，也还有不少感情上的，如风吹浪，时或涟漪骤起，有不能自已者，略举数例于后。

《震川先生集》三十卷、《别集》十卷后记云："嘉庆辛酉（六年，一八○一）庄述祖用朱笔评点，并用黄笔过录彭南畇评语。又旧人用桃红笔临钱牧斋谦益评点。光绪乙酉（十一年，一八八五）七月翁松禅师同龢用紫笔临宝云上人评点，又用蓝笔临钱本庵良择评点。余藏。"

木版书字大行宽，天高地广，读书人可以任意评点注释，古人读书又细致，用各种颜色的笔加评点旁注。把不同时代、不同人的智慧功夫聚于一书，文采烂然，从记载中可以想见其书珍贵可观矣。如遇刻书者，遇到这种书，便翻刻套色来印，那便成了墨、朱、黄、桃红、紫、蓝六色套印的书了，试想这多么有趣呢！我不由得想起自己的一套墨、红、黄、蓝四色套印的《李义山集》，原是盐城孙蜀丞人和老先生的书，有老先生题字，我是在西单商场书摊上买的，一直十分珍爱。二十多年前抄家时自然抄走了。十几年后，居然发还，但我到徐家汇藏书楼领回来时，不但已非原书，回来打开一看，两本第四册，缺少第三册，真是啼笑皆非，感慨系之了。我想或者别人的一套，一定有两个第三册，而无第四册了。"乱哄哄你方唱罢我登场"，一切都是乱，小小的一套失而复得的书也反映了这一特点。

《弇山小隐吟录》二卷后面记云："此书余于辛巳正月二十一日午刻见于文友堂书坊，因携归记之。是夕该店失慎，全部书籍俄顷化为灰烬，此书亦得免于难，亦幸事也。"

"辛巳"是民国三十年，公元一九四一年。读了这则后记，我陡然回到了那最黑暗的年代里，当时我还在高一读书，开学没有几天，一天早起，家住琉璃厂文明胡同、信远斋本家的萧宏遇同学骑车一到学校，进了教室就说厂甸门口大火的事，其时厂甸刚收市，对门原是一家卖花炮盒子的铺子。花炮爆炸，不慎起火，文友堂正好在隔壁，旧书遇到花炮，自然一火烧光了……小同学谈话时，色变形象，历历在目，弹指已四十九年过去了。今读此书，能不感慨系之乎？

在书中还常常读到一些旧日老师的名字，如赵斐云先生、孙楷第先生、谢刚主先生，尤其谢、孙二老，近十年前，过从较多，真可以说是音容笑貌，如在眼前，而俯仰之间，不但已成陈迹，且诸先生均先后成为古人矣。今读斯书，能不掩卷而重太息乎？

可述者尚多，限于篇幅，未便再赘了。

谢国桢先生与《晚明史籍考》

　　去年十二月，出版社寄来了《鲁迅与北京风土》的赠书，我看着书封面的题字和序言，不禁想起了昔日的师长、著名史学家谢国桢先生。先生去世已将近半年了……

　　《鲁迅与北京风土》的序言和题签，都是先生写的。在出版之前，序言先在去年四月间的《文汇报》上刊登了出来，五月五日先生来函云：

　　　　拙序随意属草，颇不足观，荷承登载《文汇报》，至感怀恧。桢写有《明末清初的学风》等篇作品，日内即由人社（人民出版社）出版，见书即

谢刚主读书记

国桢藏书

谢国桢

谢刚主

刚主述作

▶ 谢国桢所用印章（《近百年书画名人印鉴》）

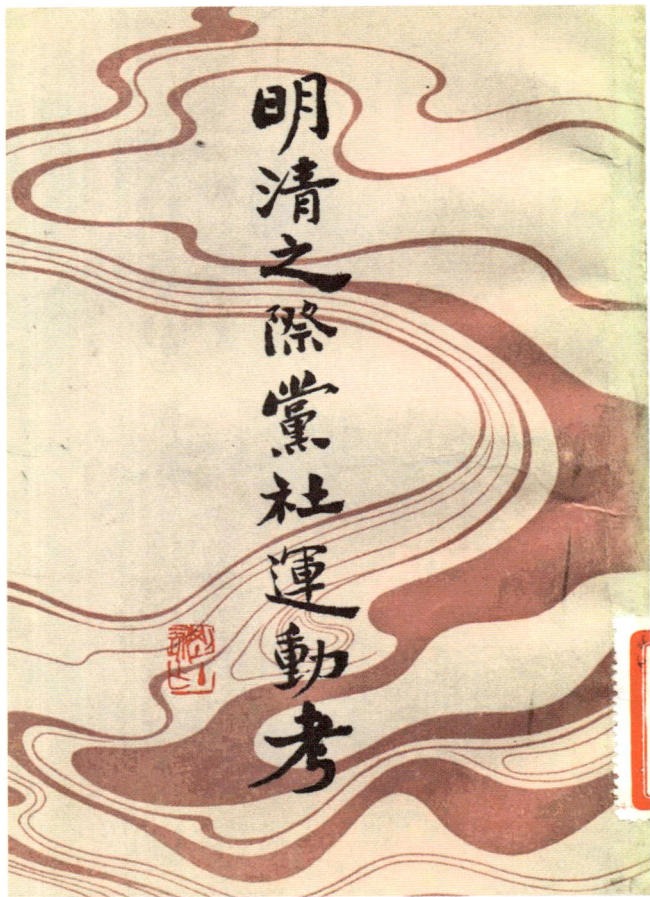

《明清之际党社运动考》书影

寄陈指教。

信中极为谦虚，同时又十分关怀学生，念念于要把著作送给学生，可惜的是《明末清初的学风》一书的出版，已在先生去世之后。

先生一生中，最重要的著作是《晚明史籍考》，后经增订，书名为《增订晚明史籍考》，近年又有新版发行。这部洋洋八十多万字的学术巨著，是先生用了毕生的精力写出来的，可以说是留给世人的最珍贵的文化遗产。先生这部著作，最早是

▶ 谢国桢像

一九三一年（按，应为一九三二年）刊行的，那已是半世纪前的事了。当时祖国正处在外患极为严重的时期，人们想到晚明的史实，想到清兵的入关，因而当时搜求、研

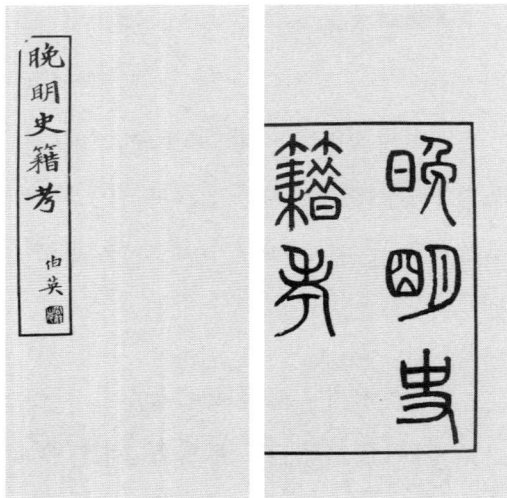

究晚明史料的人很多，也是学术界的一时
的风气吧。但一样都是研究晚明典籍、晚
明史料，其出发点并不一样。一种是像鲁
迅先生说的，以清廷遗老自居，而引明代
遗老为同调，不问遗于何时、遗于何族的
"为遗老而遗老"的人；而另一种则不然，
他们研究南明史籍，重印明遗老著作，重
印清代文字狱时期的禁书，了解当时反对
清朝统治的史实。到了三十年代时，国难

当头，这些工作就显得更有意义了；一是唤醒人们的民族思想、爱国思想，投身到争取民族解放、国家生存的斗争中去；二是鼓励气节，鼓励为国家、为民族、为正义、为真理而坚强不屈的精神，不趋炎附势，不投降敌人；三是从清代禁书、文字狱等的研究中，认识和揭露当时反动派文化围剿的阴谋和罪恶。谢国桢先生正是本着后一种态度和精神来研究的。态度正确，加以用功又勤，长期在北京图书馆工作，治学条件又好，因之没有多少年，其研究工作就取得了很大的成就，写出了《晚明史籍考》、《清开国史料》（按，应为《清开国史料考》）、《明清之际党社运动考》、《明末奴变考》（按，应为《明季奴变考》）等重要明史专著，引起学术界很大的重视。其影响不只在国内，而且远及海外，受到日本学术界的很大重视。鲁迅先生在《题未定草》之九中曾引用谢老原文予以高度赞扬：

　　谢国桢先生作《明清之际党社运动考》，钩索文籍，用力甚勤，叙魏忠贤两次虐杀东林党人毕，说道："那时候，亲戚朋友，全远远的躲避，无耻的士大夫，早投降到魏阉的旗帜底下了。说一两句公道话，想替诸君子帮忙的，只有几个书呆子，还有几个老百姓。"

鲁迅先生著文引用这段话时，正是一九三五年十二月十九日，也就是有名的"一二·九"运动发生后的第十天。我们重读鲁迅先生的这段文字，不是更可以理解到谢国桢先生当年从事晚明史料研究工作的深远意义了吗？

从事学术研究工作，完成一部有学术价值的著作，是不容易的。有了正确的态度，还要有扎实的基础和勤奋的毅力，燃膏继晷，兢兢业业，这样才能有所成就。鲁迅先生说他"钩索文籍，用力甚勤"，的确如此。单一部《晚明史籍考》，读者可想而知要看多少书！这些冷书、僻书，断简残编，又都是极难找、可遇而不可求的。要找到一本有用的书，便要看大量的、十本百本无关的书，真像沙里淘金一样的艰难。先生早岁就学于吴汝纶先生传人吴北江先生帐中，已打下极为深厚的旧学基础，后来以此基础考入清华国学研究院，导师是梁任公、王国维、赵元任、陈寅恪诸大师。毕业后，先生又到梁任公家教家馆，以家庭教师又同于私淑弟子，在学术上受到梁任公的很大影响。垂老犹不忘情于师门，有"忆昔梁门空立雪，白头愧煞老门生"之句，盖纪实也。先生有记梁一文，原载五十五年前《益世报》，一九三四年《国风半月刊》转载。现加按语作为附录，收在新刊《明末清初的学风》一书中。

先生以这样的学历基础从事晚明史籍的研究工作，继之以勤奋的实践，自然取得了极大的成绩，但其实践过程却是十分艰辛的。晚明史籍极为纷繁，全祖望所谓"晚明野史，不下千家"。试想在浩瀚无垠的典籍中，找这上千家的晚明野史，谈何容易！先生先是在梁任公"饮冰室藏书"中收辑，后来在北京图书馆工作时又做大量收集，后来又阅览故宫博物院、东方文化会、孔德学校等处藏书。(当时孔德学校有中法文化基金委员会经费，其图书馆由钱玄同、马隅卿等学者主持，藏书颇富，不少学者都到这个图书馆看书，鲁迅先生也去过多次。）读《史》《汉》典籍，笔墨耕耘，以近八十的高龄，完成了《两汉生活概述》一书，已出版。前几年，年年南来访书，写下了数十万字的《访书记》。直到去年五月五日生病之前，最后写给我的信中还说《明末经济之繁荣与戏剧建筑的关系》一文，正在属稿。先生对于祖国的学术文化事业，孜孜不倦，辛勤了半个多世纪，如果说一句"鞠躬尽瘁"，我想恐怕不能算过分吧。

三年前，先生在《书林》上发表文章谈自己的治学经验时，引鲁迅先生话道：

　　　　弄文学的人，

　　　　只要（一）坚忍，

▼ 鲁迅先生手迹

（二）认真，（三）韧长，就可以了。不必因为有人改变，就悲观的。

先生认为治史学的人更应该如此，而且几十年中，也的确是努力实践了这种精神的。我想鲁迅先生的话，不但是先生所努力实践的，也该是我们每一个搞学问的人应终生履行的吧。怀念先生，是为了更好地学习先生的治学精神。这也就是我写这篇小文的目的。

读《王文韶日记》

　　我很爱看前人日记，每看完一部就想写点什么，可是常常拖延着，还没来得及写，又在看第二部了。去冬看中华版《李星沅日记》，看完拖着尚未动笔；不久又拿到山西人民出版社的《退思斋日记》，内容也很丰富，也想写，还未动笔；又拿到中华的《王文韶日记》，看过之后，觉得是应该写篇东西了。正遇电视台播放以高阳小说《胡雪岩》故事改编的港台电视《八月桂花香》，乱七八糟，欺弄观众，深感社会上历史知识太贫乏了。这本是去古未远的人与事，《王文韶日记》中就有不少地方记到胡雪岩，想着写文介绍一下这部《日记》，不说别的，就是对于看电视也有好处，不会被那些不学无术、胡乱编造的编剧、导演们愚弄和欺骗了。自然，如有好学认真，忠实艺术，对观众负责的编剧、导演，在编、导近代历史剧之前，看看这部《王文韶日记》，也是大有益处的，一定会使你所编、导的戏，更真实地再现历史，提高学术水平，或许成为真能显示中华文化气氛的作品，这不也很好吗？比如说清代大官的服饰，什么时候穿什么衣服，《清史稿》中《舆服志》虽有记载，而某些具体情况，则远不如《王文韶日记》中记得详明。试看光绪六年（一八八〇）一年中所记：

> 正月戊寅元旦己巳……慈宁宫、太和殿、寿皇殿行礼时刻，服色均同前。

按照光绪五年（一八七九）

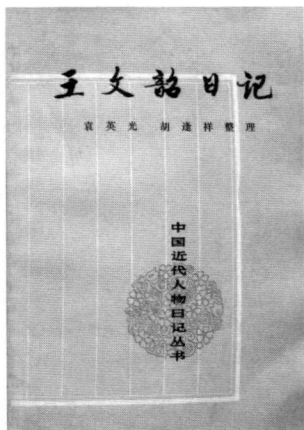

元旦所记："穿蟒袍补褂同时行礼。"光绪二十六年元旦记云："巳初皇太后升皇极殿受贺，在皇极门外行礼。朝衣本色貂褂，不带縢。巳初二刻皇上升乾清宫受贺，在门内甬道上行礼，蟒袍补褂染貂冠。"光绪二十八年元旦记云："辰正二刻太后升皇极殿受贺，皇上率同行礼，巳初二刻皇上升太和殿受贺，以上均朝衣、朝冠本色貂褂。巳正二刻寿皇殿随同行礼，蟒袍补褂。"以上所引，可参阅佐证"服色均同前"内容。

初七日……乾清门外站来回班，是日忌辰，仍穿补褂、挂朝珠。

十五日……保和殿赐蒙古王公筵宴，乾清门站出班，穿貂褂不站回班。

十九日……换染貂冠、白风毛褂。

三十日……换洋灰鼠褂。

二月初七日……换银鼠褂。

初八日……换银鼠袍。

二十五日……换毡冠绒领棉袍。

三月十二日……换绒冠夹领湖色衫。

十七日……换夹袍褂。

二十五日……换单褂。

二十七日……换单袍。

四月十八日……换实地纱袍褂。

按，四月二十日王文韶接旨与董恂、徐桐等为殿试阅卷官，二十一日记云："雨。寅正进内，穿朝服。"这朝服不是平时"袍""褂"，而是朝珠、蟒袍、按领（俗名披肩）、高顶朝帽大典礼服。

二十七日……换芝麻地纱袍、褂。

五月初五日……换直径纱袍褂，即亮纱。（按，原书标点未断开。）

二十八日……换葛纱袍、葛丝冠。

六月二十日……本年皇上初旬万寿……本日蒙赏大卷江绸袍、褂料两卷，帽纬一匣，大小荷包各一对。

六月二十五日记云："花衣第一日。入对一刻许，卯正散。赴宁寿宫听戏，戴胎帽，辰初入座。"按，清代大臣遇皇太后、皇帝生日，穿蟒袍上朝，谓之"花衣"。只是无披肩、高顶朝帽，以区别于"大典朝衣"。"胎帽"是夏天凉帽。分白罗胎、万丝胎（藤丝、竹丝所编）两种。前者配单袍褂、实地纱、芝麻纱袍褂。后者配亮纱、葛纱袍褂。此处所说"胎帽"，即藤丝、竹丝所编之凉帽。

七月十八日……换亮纱袍、褂。

三十日……换麻地纱袍、褂。

八月初八日……换实地纱袍、褂。内廷称亮

纱曰直径，实地曰单单纱。

十八日……换单袍、褂。

二十六日……换戴暖帽。（按，暖帽又名"秋帽"，帽檐由缎、绒、毡到羊皮、染貂、貂。）

九月二十三日……换羊皮冠、黑绒领珍珠皮袍褂。

十月朔日……换海龙冠、皮领灰鼠袍、褂。

初九日……换白风毛袍、褂。

十一月朔日……换貂冠、貂褂。

由貂冠、貂褂直换到葛丝冠、葛丝袍，再由葛纱直换到貂褂，这就是清代官服：皮（大毛、小毛）、棉、夹、单、纱，周而复始的一年的更替。五品以上的官，才能用朝珠、穿貂褂。王文韶这一年是兵部侍郎领军机大臣、总理各国事务衙门行走，兼户部管库，自然要穿貂褂。中国漫长的封建社会，各个朝代，各种官吏的服饰、帽子等级别是十分严格的。所谓"冠盖满京华，斯人独憔悴"，所谓"王侯宅第皆新主，文武衣冠异昔时"，不了解一点历史上服饰情况，意识不到这点，是读不懂这些诗句的。

清代官吏服饰级别，除《清史稿·舆服志》外，在《清通志》《清通典》中及私家著述吴荣光《吾学录》，载涛、恽宝惠《清末贵族之生活》中均有记载。但所记都是资料性，像《王文韶日记》中所记，哪一天换什么，生活感特强的材料，可以供人想象真实情景的，却不多见，因而感到是十分有趣的，便摘引光绪六年（一八八〇）全年的替换官服的记录，以供参考想象。编历史戏剧影视，从事形象艺术，虽不能也不必样样求真，但多少有点这样的常识，便不至于"穿冬衣、戴夏帽，颠倒春秋"了。自然，这也还是对认真从事艺术的人着想，对于那些招摇撞骗的人说来，则无所谓了。

王文韶出生于嘉定，原籍杭州，后仍以杭州为家，咸丰二年（一八五二）进士。一生宦途得意。自光绪三

▶ 王文韶像

年（一八七七）充军机大臣，八年因云南军需案受嫌遭劾，回籍养老母，旋丁母忧，在籍六年。十四年起复，由湖南巡抚、云贵总督而北洋事务大臣、直隶总督。光绪二十四年以户部尚书、协办大学士再入军机，经过庚子，随銮驾到西安，又回北京，一直是军机大臣。

前后二十多年。其光绪七年、二十六年、二十七年、二十八年的《日记》，也都详细记载着换衣的日期，一般不再赘引，只将其特殊者，略引数则，用存掌故。如光绪七年十二月十七日记云：

> 蒙恩赏穿带滕貂褂，异数也，免冠碰头。……恭邸惠赠褂统一袭。本

日同蒙恩赏者为潘伯寅大司寇、景秋坪大司农、翁叔平大司空、徐颂阁少司马。向例带膆貂褂非特赏虽亲王不许穿，现在除恭、醇、惇三邸外，只有御前大臣伯王，景额驸，劻贝勒，宝、李两中堂及本日蒙赏之五人，在廷共十三人。李肃毅本年以恭题孝贞显皇后神主加恩赏穿，外省一人而已。

"膆"是狐、貂等动物颈下的毛，又长又软，是一张兽皮最好的部位。一般貂褂，是貂背上那块皮拼起来，貂膆割下另外单拼，赏穿带膆貂褂，是特殊恩典，所以在《日记》中记得特别详细。清代关于衣着赏大臣的，除此而外，尚有黄马褂、双眼花翎、紫缰、绿牙缝靴等。王文韶在光绪二十七年赏穿黄马褂、用紫缰。这年八月初九日记云：

　　　奉特旨以回銮在即，赏穿黄马褂，遵即碰头谢恩。

十二日记云：

慕韩送黄马褂料两件，金陵定织也。（按，慕
韩是杭州同乡孙宝琦，清末曾任法、德公使，顺天府府尹，
民国曾任国务总理。）

二十日记云：

是日换戴暖帽，始穿黄马褂，绿牙缝靴。已正
入对，荣相及韶均蒙恩赏用紫缰。（按，荣即荣禄。）

按，"绿牙缝靴"也是特赏或品位极高的大臣才能穿。
《日记》光绪五年"随扈记程"三月二十日记云：

行装穿绿牙缝靴，内廷惟御前大臣、军机大
臣、内务府大臣例得穿绿牙缝靴，余非特赏不准
穿。盖皇上常用之式也。

试看，在封建皇家森严体制下，虽一靴鞋之微，
也有严格规定。

凉帽、暖帽、袍、褂、马褂、靴这些由头到脚的官服，都有严格规定，复杂区别而外，还有袍子上的腰带和带的所谓"活计"，包括大小荷包、眼镜套、扇套，等等。而且皇上、皇太后年终及喜庆事时，常常赏荷包。《日记》年年都记着赏"大荷包一对""小荷包三对""龙字大荷包一对……内装金银八宝十六件""赏福字荷包、八宝金锞"，等等，可算作官服的"配件"吧。

◥ 明黄色江山万代暗花绸貂皮褂 故宫博物院藏

王文韶最后官衔由授体仁阁大学士，转文渊阁大学士，晋武英殿大学士，真正是大红顶子一品官，前后二十多年，两任军机大臣，极得西太后宠信，特殊恩典：带膆貂褂、黄马褂等基本上都全了。在

《日记》中，详细记载，谢恩碰头，其得意态，从字里行间，神情如见，这是读《日记》的趣味，缩短了我们同历史人物的距离。读其他历史书是无此感受的。

清代官服，除内衣之外，一袍一褂。"褂"是对襟，比袍短七八寸。无领。"马褂"是骑马的"褂"，更短，齐腰部。民国后，宝蓝色长袍、黑马褂为乙种礼服，不再穿用"大褂"。貂褂是毛向外穿用，没有表示官品的"补子"。除貂褂外，其他棉、夹、单、纱等"褂"，前后胸间，均有绣或织的"补子"，其文武品职花纹，《清史稿·舆服志》有详细记载，在此不述。只说一下"褂料"，一般长两丈余、宽一尺三四寸，四半"补子"，或绣，或缂丝，或织，已在料子上弄好，裁服装时，正身前后四片，一对即可。大臣除去自买，宫中赏的也很多。《王文韶日记》常有记载。

如光绪四年（一八七八）十一月十日记："蒙赏大卷'年年吉庆'江绸袍、褂料一套。代皮衣。"十二月十九日记云："赏……袍料一卷、褂料一卷。"光绪五年十一月十日记："赏江绸袍、褂料两大卷，代皮张。"

六年十二月十八日记云："赏绉绸袍料两大卷、褂料一大卷、帽纬一匣。"二十八年八月十六日记云："赏宁绸袍褂料两大卷，内造活计一匣。"十月初五记云："赏绛色五彩蟒袍面一件，大卷袍、褂料四卷，袍三褂一，系万寿赏。"十二月十九记云："年节例赏尺头大卷三、袍二褂一。"同月二十二日记云："慈圣赏尺头四大卷、袍三褂一、貂皮六张。"

以上所引，均可见袍、蟒袍、褂料，大多都是织好现成的。大臣冬天按规定日期换穿貂褂，貂皮毛在外，不能缝补子。因此在穿貂褂期间，遇到特殊典礼，还要临时换穿补褂。《日记》中也特别注明。如光绪二十六年（一九〇〇）元日记："巳初皇太后升皇极殿受贺……朝衣、本色貂褂不带膆。巳初二刻皇上升乾清宫受贺……蟒袍、补褂、染貂冠。"这就是在二刻时辰之内，脱去"貂褂"，换上"补褂"。

清代龙兴关外，最重皮衣，直到清末仍然如此。大臣由貂褂、貂冠、换白风毛褂（即白狐皮沿边，俗名出风）、染貂冠，换洋灰鼠袍褂，再换灰鼠袍、褂、海龙冠，再换珍珠皮（羊胎羔皮）袍褂、羊皮冠，再换毡冠、蓝绒领棉袍、褂。由大毛到小毛，皮衣要更换五次。贵重皮衣的价钱在当时也是很贵的。《日记》中记光绪二年（一八七六）在湖南买皮毛价云：

> 有以海龙褂统求售者，毛头颇好，以二百十金得之，用重价置备衣服，在余亦仅事也。

> 以百二十金买大狐袍褂统一幅，号称玄狐，虽不见真，尚可去得。

他当时是湖南巡抚，早已具备穿貂褂的资格。讲究穿贵重皮货，这些也都不是平时随意可以买得到的东西，所以《日记》中特别记明了。

清代官服，最少里外三层，内衣、袍、褂，冬天好办，大热天便十分难耐，当时防暑降温条件又差，这样便在衣料上想办法，穿纱，由实地纱到芝麻纱、亮纱、葛丝纱，前三者是生丝织品，后者是加麻的丝织品，这些纱各种颜色、各种花纹都十分精美，这些料子，现在一般都看不到了。

八十万字的《王文韶日记》，说了半天，只说些官服的事，未免为方家所笑，都是些鸡毛蒜皮，拣了"芝麻"，丢了"西瓜"。实际这八十万言的《日记》中，"西瓜"还是很多的。王文韶生于道光十年（一八三〇），逝于光绪三十四年（一九〇八），活了七十八岁。《日记》所记自同治六年（一八六七），至光绪二十八年，前后三十五年，经历了太平天国、回军、甲午战争、戊戌政变、庚子等重大事件，王文韶又是多少年的军机大臣，甲午第二年又是直隶总督兼通商事务北洋大臣，《日记》中记录了多少有关军国大事，都没有介绍，只谈服饰琐事，实际也是因为近代史学家谈史多是军国大事，这些琐事却很少人注意到。又因近年来以清末历史编写的电影、电视非常多，似乎感到这种琐事也应该有人注意一下才好，而在此《日记》中所记又特别详细，便摘引若干，做些综合的介绍，也只是贤者志其大者、不贤者志其小者的意思吧。

自然，这部洋洋大观的《日记》，除军国大事、服饰琐事而外，也还有不少其他专门方面的第一手资料值得研讨。如光绪七年（一八八一）《日记》后附录"王文韶收付账"（光绪四年至八年），便是很有意思的。为了稍加解说的便利，花了一点时间，把其各年各笔收入汇成总数排列如下：

光绪四年，共十九笔，总六百七十五两零三分四厘。

光绪五年两宗，第一宗三十二笔，总九百二十三两六钱一分八厘。第二宗二十三笔，总二万六千五百九十六两七钱零二分。

光绪六年，共二十六笔，总八千七百零九两九钱一分二厘。

光绪七年二十三笔，总三千六百七十二两零五分六厘。

光绪八年二十八笔，总二千三百五十三两八钱九分。

除收入账外，还有支出账，支出账都有苏州数码"〡〢〣乂"记数，前面只写人名，如"文卿〡，"筱峰8+"等，"1（8+"可以看作是五十两，这"〢"是多少呢？二两似乎太少，二百两似乎太多，看不明白，其"付账"无法解说。

清代官吏的薪水收入是多种多样的。首先是正俸（包括俸银、俸米）。这数字是很少的。"王文韶账单"细目所记：春、秋两季俸银只四十六两五钱。俸米折银户部、兵部各一份，每份只七两九钱九分。

正俸之外有"养廉银"，类似职务津贴，实缺官才有，外官较多，京官大僚，不知如何。账单中光绪八年（一八八二）记有"吏部养廉二十两八钱九分"一笔。前几年兵部、户部都没有养廉银，不知是何原因。

"饭银"，所记兵部、礼部、户部、吏部都有，而多少不一，有的特别多，如光绪四年（一八七八）十二月初四、二十四、二十七三次饭钱一百零八两。而光绪八年吏部饭银有一次只二两三钱。不知如何计算法。礼部有捐纳房，户部有钱法堂。王文韶光绪五年正月二十七日调补户部左侍郎，兼管三库事务。三库即银库、缎库、颜料库。这是发财的差事，他好像又管捐纳房捐官的事，钱法堂铸钱的事。这些差事更是来钱的好地方。所以这年以"捐纳房饭银"的名义收入特别多，总收入两万六千多两，有一笔就"二千三百三十两六钱九分"，有整有零，名义是"饭银"，这似乎是大家分的，当时可能正是广开捐纳的时候。大概军机大臣、各部尚书、侍郎等都可分到"捐纳房"为数可观的"饭银"。

"照费"，这笔费用只有兵部有，如光绪五年（一八七九）正月收兵部照费七两。闰三月兵部照费二十一两。据清末何刚德《春明梦录》"部费名目"条："以吏部论，领凭有费，领照有费，引见亦有费。"又"余得京察记名后"条云："乃因中东战后，各省停解照费，津贴无资，且内升，更为清苦"，"得掌印后，则有解部照费"。又云所说"照费"，大概吏部有，兵部也有。

"盘费"，就是现在的旅差费。五年（一八七九）二月记"户部随围盘费银三十两"。同年三月记二十至二十八日"随扈东陵"事，盘费大概即此次出差旅费。

清代京官大僚，还有各种收入，如"印结银"，是为同乡官外放做保证人的酬劳。各省京官都有分例。再有外官馈送京官，夏有"冰敬"，冬有"炭敬"。出京各官则有"别敬"，等等。据何刚德《春明梦录》："余初到部时，京官俸银尚是六折发给。六品一年春秋两季应六十两……俸之外则有印结银，福建年约二百金左右。吏部有查结费，与同部之同乡轮年得之，约在印结半数。此外即饭食银也。饭食银每季只两三金耳。得掌印后，则有解部照费，月可数十金。然每司只一人得之；未得掌印，则不名一钱也。"又"外官馈送京官"条云："同光以来，则冰敬惟督抚送军机有之，余则只送炭敬而已。其数自八两起，至三百两为止。沈文肃送军机，每岁只三百金……"据上所记：王文韶作为兵部侍郎、军机大臣行走、各国总理事务衙门行走、礼部捐纳房、户部左侍郎兼管三库、又管

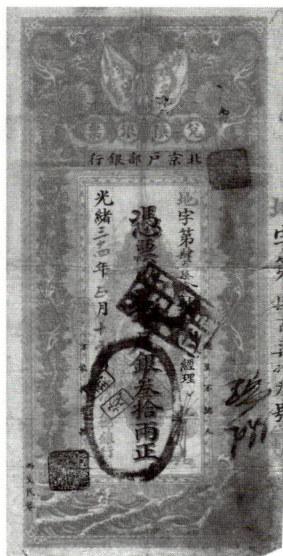

▼ 光绪三十四年
（一九〇八）北京
户部银行（大清户
部银行）三十两
上海博物馆藏

钱法堂，一个人在几年中同时担任这么些要职，怎能没有印结银、冰炭敬等收入呢？收付账中均未记入是奇怪的。

这个账单对研究清代大官僚的经济收入，包括正当的和不正当的，无疑说都是一份很重要的资料，但仔细研究这份"收付账"，则感到它是不全的，似乎是有意附在《日记》中的。光绪八年（一八八二）他因云南军需报销案有受贿嫌而遭弹劾，特地把四至八年的收支账摘抄入《日记》中，所抄自然都是公开的"正当"收入，即拿到那里，纵使对簿公堂，也无问题。但细阅这些"正当"收入，似乎也未记全。如光绪六年所记"春俸""秋俸"俱全，而五年则只记"秋俸"、无"春俸"，四年则春、秋俸俱未记入，

"正俸"收入都未记明，其他可想而知了。因此可断言，其实际收入远远超过此数。

《日记》中可介绍的材料太多，限于篇幅，不能再多引了。末了再说一个极小的事，就是清代大官见皇上有"磕头"与"磕响头"之分，《王文韶日记》所记，则有"碰头"与"磕头"之别。光绪四年（一八七八）十二月十六日记云："本日蒙赐'福'字，加赏'寿'字，见面时免冠碰头。初次加赏则然，以后只须磕头。"可见"碰头"不同于"磕头"，"碰头"只要脱去帽子，头碰到地上。如碰出响声，就是"响头"了。细想也是滑稽的，这就是封建礼数。

清代官吏，不论大小，都习惯长期写日记。从小就注意这方面的教育。宣统年间，袁世凯住于洹上时，手订《袁氏家塾训言》，中有一条云：

> 头二班诸生，各立日记一册，将逐日所习功课，及晚饭后自修所读阅各书，别有心得之处，详细记载。届星期六呈阅一次，藉觇志趣而稽

勤惰。

据此亦可见旧时传统教育中重视培养学生记日记之情况。这是培养勤奋、细致、有恒等等良好习惯的有效手段。大多数人从小受此锻炼，养成习惯，到老不衰，从少年诸生，到七八十岁耄耋老人，数十年如一日。即使官高一品，也勤奋如少年，每日必记。清代自康、雍、乾、嘉而后，直到民国年间，一生写了几十本日记的，何止百千万人，能流传至今，能出版的，那真是九牛一毛也不到。此日记吴庆坻《蕉廊脞录》云："仁和王文勤公入枢府，由吴江汲引，颇为清流所抨击，寻乞养亲归，以滇案降官。[服除，] 即家拜湘抚，擢滇督，再蒙特召，又出督直隶，未几复召入军机。庚子之乱，两宫西狩，文勤怀军机处印，单车追及 [至] 怀来，扈从入秦。自是东朝眷倚益隆，恩礼优渥。年七十七告归，命驰传归。戊申家居，闻两宫升遐，随班哭临，遂疾笃薨于里第。生平相业无可称述，然当己庚之间东朝意主废立，尝示意文勤，文勤力陈不可。庚子拳匪之讧，亦颇谏诤，几为端王诸人所诬陷，微荣文忠力保全之，亦与袁、许诸公同弃柴市矣。余尝得文勤日记数十巨册，皆其官京师及鄂湘时所记，论人、论事皆有识，在鄂臬、湘藩、湘抚任，公余无日不观书者，老辈固不可及。又辛未三月某日日记一则，云：郭子美军门来晤……读此数语，可见其爱才之笃，待友之诚。"从史学角度看，都是极有价值的珍贵资料。中华书局近年已出版了不少种，据知各大图书馆收藏的"日记"稿本还不少。衷心希望，能再多出几种，为史学研究提供更多的珍贵资料。

李越缦与《苏园花事词》

李越缦是浙江绍兴人，在北京生活
了大半辈子，他的洋洋巨著《越缦堂日
记》，自一八五三年写起，到一八八九
年，共三十五年，六十四大本，早已影
印出书。一八八九年后，被樊增祥携去
的八册，也已由燕山出版社影印出版。
他去世于一八九四年，前后差不多写了
四十整年日记，其中绝大部分是在北
京写的，真可以说是一位北京地方史志
专家了。他对当时的北京评价应该说是
十分中肯的。有一段用"三"来概括的

话，十分有趣。他写道：

> 都中风物有三恶：臭虫、老鸦、土妓；三苦多：天苦多疾风，地苦多浮埃，人苦多贵官；三绝无：好茶绝无，好烟绝无，好诗绝无；三尚可：书尚可买，花尚可看，戏尚可听；三便：火炉、裱房、邸钞；三可吃：牛奶蒲桃、炒栗子、大白菜；三可爱：歌郎、冰桶、芦席棚。凡所区品，悬之国门，当无能易一字者矣。

如引了这段文字，写一篇"李越缦与北京"，把他所写各项一一加以解说，也是一篇有趣的文章。但今天我不想写，只想用它做个正书前的"开篇"，或长篇说部的"楔子"，只引其中两句话开个头，那就是"火炉"和"花尚可看"六字。

江南早春天寒多雨，比隆冬还冷，实在是难过，因为又湿又冷，房中又无火，只好成天悉悉索索（按，同"窸窸窣窣"）了。所以江南谚语说："冬冷不算冷，春

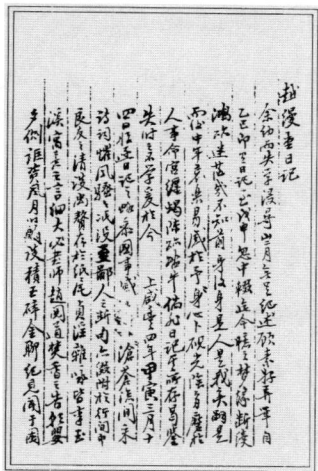

《越缦堂日记》手稿

冷冻死鸭。"明代李日华、近人知堂老人也都说过同样意思的话，在此我不再多说了。去年十二月末，上海气温突然降到零下八度，许多居民楼水箱管道一下子冻裂，其冷可知。近日节近春分，又连日冷雨欺人，寒冷透骨，也使人特别难受。读《李越缦日记》，既想到北京火炉之暖意，也想象不久"花尚可看"之都门花事，这样我便怀念起苏园花事来了。如此这般，不也就把"李越缦"和"苏园花事"连在一起了吗？

北京是个看花名城，不但现在，过去也特别著名。不信，看元、明、清以来，在北京居住过的文人诗文集、笔记，很少没有写到花事或看花的书。有势有钱并不等于有文化。懂得看花，才是懂得文化艺术生活情趣的一种表现，是代表了一个时代的文化深度的。因而北京几百年来看花胜地特别多，随便一数，就可能有几十处，既见诸前人的文献中，我过去也曾写过不少这类的小文章，在此不必多赘。在此我只想谈谈前人没有说过的苏园花事。我曾为"苏园花事"写过四十首《忆江南》词，以韵语咏唱之，足见我在感情上对其眷恋之深。此文中将引用述及，因以"词话"名之，更亦有深情在，但非"色情"，不能与《金瓶梅词话》相提并论，万勿误会也。

"苏园"在哪里？在北京西皇城根老门牌二十二号。它本是清代末年邮传部尚书陈玉苍（名璧，号絜庵）氏的第宅。陈是福建闽侯人。林琴南最早是因他的关系到北京五城学堂（师大附中前身）当教习，后来一直在北京，从事翻译小说，提倡古文，等等，声名大著。他曾为陈氏写《苏园记》云：

　　闽江有村曰苏琯村，陈氏聚族居之……吾友絜庵尚书长于是村，既通籍，遂舍其遗产二万余

▼ 林纾（字琴南）像

金，归之陈祠，为岁时报飨之需，陈宗贤之。然尚书子姓繁，多仕于朝，因筑室于宣武门之东，治园四亩，名之曰苏园，不忘其乡也。园之构无重楼邃阁之制，松桧中书舍三数楹，拓余地以艺蔬果之属，怪石四五，离立篁竹间，朴野仍如村居。尚书年七十有一，晨起扶杖徜徉，见园丁之灌艺弗力，则亦自理其瓶锄，其伉健虽老于圃事者不能过……

林琴南文中把为什么叫"苏园"说得十分清楚，但对园之大小、花木情况，说得都不够详细。我在苏园住了十三四年，度过了我儿童时期的后几年和整个青少年时期，对于林文所记，不但感到亲切，而且可以补充说明，以补其疏略之处。苏园在当时人们口头上只叫"花园"，"花"却不仅限于园内，还有园外。这所大房子有二百多间，占地三十多亩。大门进来，是一条南北长三十多米、东西十米宽的长条地带，种满了花树；在二门内右侧沿几十株刺柏的引路走过去，才是苏园的小门。而进去却豁然开朗，才是正式苏园，实际也不只四亩大，如再加外面两部分，整个苏园不算里面住房院子，少说也有十五六市亩大，《苏园记》中首先是把园的面积有意地写小了。所说"园之构无重楼邃阁之制……朴野仍如村居"，等等，如以"园门"说，只是墙上随便开三个月亮门，连门楼、门扇都没有，倒真是"朴野仍如村居"，但如把二百来间西式大宅子说在一起，那畏庐老人又是说瞎话骗世人了，这也是为尚书公制造舆论，有意把"苏园"说穷一些。此文收在《畏庐三集》，写于民国十一二年（一九二二——一九二三）间，后面还有一大段评价陈氏"长于理财""精于剔弊"的文章，经营东、西二陵工程为宫中节省了三百多万两银子，虽受知于西太后，但得罪了内务府及清代末年亲贵，使他们不能贪污更多的银子，因而在宣统元年（一九〇九）被劾罢官。在此我不想评价人物，因而不多引用林文。除林文外，陈宗蕃氏之《燕都丛考》内二区各街市中记云："东斜街之东，即西安门外南皇城根，亦名西皇城根，苏版尚书筑宅于是，园林甚广。"所记亦即此处。"甚广"二字亦足证林文之不实了。两文中说到花木的地方很少，我这里却主要想谈谈苏园的花事。

李越缦说北京"花尚可看"，看哪些花呢？没有苏州香雪海的梅花，没有杭州满觉陇的桂花以及广州木棉、昆明山茶，这些花在北京都是盆栽的。北京看花，讲究海棠、丁香、杏花、牡丹、芍药、荷花、菊花几种。苏园除去荷花无池沼、菊花其家式微之后无人栽种而外，其他一些木本花样样都有，而且很多。在我居住的那十几年中，虽然园已荒芜不堪，而木本花年年逢春发芽着花，仍十分葱茂。在我青少年的十来年岁月中，真可以说是饱享了看花的福，饱嗅了春花的香，饱温了绮丽的梦……其时虽大多是在沦陷及胜利后兵荒马乱的年代，瓶粟常空，日处饥馑之中，但得享看花之福，亦是苦中生趣，不可不记也。

苏园的花木，最老的是四株古槐，树龄起码在三四百年以上；其次是白皮松、偃松，均建园前物。据《帝京景物略》记载推测，这一带原是明代灵济宫的旧址，书中所谓："皇城西，古木深林，春峨峨，夏幽幽，秋冬岑岑柯柯，风无风声，日无日色，中有碧瓦黄甃，时脊时角者，灵济宫也。"其具体位置正在这里。一进大门右首，两株三四个人合抱的老槐，左右对植，明显地看出是旧时庙门前或神殿前的树，按树龄估计是灵济宫旧物。苏园的住宅大门是坐西向东，面对皇城。往南不远，就是灵境胡同，半世纪前人们口头上还习惯叫"灵境宫"。实际就是"灵济宫"，庙门可能是坐北朝南，门前想来就是现在的灵境胡同了。苏园还有两株百年以上的楸树，这种树不常见，北京旧时人家在立秋时要佩戴楸叶。这两株树分植里院外庭前，两丈多高，不像新移植的。苏园是庚子后所建，而这两株楸树，看来起码是乾嘉以前旧物了。我在《苏园花事词》中曾写道：

苏园忆，大树不知年。莫向寒松询岁月，老槐郁郁势参天。灵济说从前。

当年人传说，苏园建造之前，这里有座破庙，可能这座破庙还不小，有些园圃花木，苏园建造时，予以利用了。私宅占庙产，原是被非议的。但保存了老树，又是好事。"千年田易八百主"，庙产、私产、公产，年代久远，谁又能说清楚呢？

苏园最早着花的是山桃花。《水曹清暇录》中引《燕台新月令》二月云："是月也，鸡糕祀日，山桃华。"苏园只有一大株，在二门边，斜出高过屋檐，有一丈五六吧。着花最早，而且十分繁茂，开时真可以说是缤纷满树。我十来岁初搬进苏园时，正遇大风天气，坐洋车拉进去，于浑黄中在二门口眼前忽然一亮，一树繁花，给我留下极强烈的印象，几十年来仍如在眼前一样。《花事词》中写道：

苏园忆，初识小桃红。一样花开尔独早，冲

寒先喜醉东风。迎客记头功。

　　苏园花木中最多的是丁香、榆叶梅，一进大门、二门，三十多米长的引路，两边深三丈的花木地带，种的大多是榆叶梅和丁香，每边深进去种三排，株距一般三公尺左右，密度很大，蔚然成林，少说也有八九十株，加上内园的就更多了。花期次第开放，年年清明至谷雨期间，骑车回家，一进大门，就在花径中行走，虽不能说是"香雪海"，也可以说是"香满院"吧，况且还有闪耀在阳光中的色彩白、紫、嫩红呢？在《花事词》中，我为丁香、榆叶梅各写一首，其词云：

　　苏园忆，花事一春忙。三月缤纷连四月，白丁香间紫丁香。林木尽芬芳。

　　苏园忆，聊代横斜枝。榆叶还如梅蕊嫩，单双红白闹春时。艳色重胭脂。

　　词中均纪实之语，双瓣，或曰重瓣榆叶梅，色如胭脂，极为艳丽。

苏园最为艳丽的花，是花厅前两大株垂丝海棠，分植花厅院中左右两侧，高近两丈，修剪得也漂亮，四外出枝成半圆形，真是枝繁叶茂。花作嫩红色，满树光艳照人，蜜蜂绕树成群飞舞，忙着采蜜。我童年时不知多少次一个人坐在台阶上抱着好玩的稚气看着，并非成年人的观赏，只是觉得好玩，为这美丽的花树自然吸引。《花事词》云：

苏园忆，几树海棠红。春日繁华夸锦绣，秋来佳实满筠笼。格调女儿风。

明清以来，北京春日花事，最重海

▶《海棠秋趣》
齐白石绘
一九五一年

棠。见诸前人记载的名海棠很多，有的迄今仍生长着，但我很少见到，更很少在花期时见到。平生所见海棠，以苏园的最繁艳，秋日结果时，树枝都压弯了。

苏园最淡雅的花是两架紫藤。紫藤在北京也是掌故花，清代吏部紫藤，在原前门里公安街公安局二门右侧，改建广场时被拆除。苏园藤花，自然没有这样古老，但花架高敞，花时又在丁香、海棠之后，紫色花在暖日中，蜂喧蝶闹，春意渐深，极为淡雅宜人。予词云：

> 苏园忆，一架紫藤时。堪与丁香称姊妹，风情应记少游词。此物亦相思。

苏园最不受人重视的花是牡丹、芍药。北京三春花事，在本世纪二三十年代，本来最重牡丹、芍药，是大量培植的，但我在苏园居住的那些年代，是苏园日渐荒芜、无人管理的年代，大一些的花树，能自己生长，年年着花如故。牡丹、芍药则年年要人照管，冬天包扎施肥，夏天浇水遮阳，等等，才能长得茂盛，年年花期看花。而当时苏园，老尚书早已去世，各房分户另过，也再无花匠照管，二三十丛牡丹、芍药，不但无人管，年年被孩子们摧残得差不多死光了。年年只有少数的几株开两朵花，也十分可怜了。我在《花事词》[中] 写道：

苏园忆，一品玉堂花。魏紫姚黄开次第，娇红软绿委泥沙。谁更惜春华。

词中对于荒芜之苏园，亦感慨系之矣。苏园现在那些房子还在，而园没有了，都盖成楼房了。我的《苏园花事词》四十首，情在思旧，意则在存京华掌故。限于篇幅，在文中不能多所征引，再引最后一首，作为本文的结束语吧。词云：

苏园忆，兴废漫须嗟。试读宋人李氏记，洛阳当日满城花。掌故志京华。

意亦只如李格非之《洛阳名园记》，岂有他哉？壬申春分前后，江南冷雨十四日，杜门未出，念春明花事，草成此文，聊存京华故事吧。

《胡适的日记》录趣

最近买不到什么好看的新书，只得把书架上一些旧书翻来翻去重看。为了要写"胡适故居"一文，又重阅《胡适的日记》一书，好书不厌百回读嘛！重一翻阅，又发现不少有趣的文字，情不自禁，便想做个文抄公，抄出来供大家欣赏，我想大家不会怪我只会抄书的吧。

见宣统

胡适见宣统这是人们常常说起的，其事在一九二二年。五月二十四日记道：

我因为宣统要见我，故今天去看他的先生庄士敦（Johnston），问他宫中情形。他说宣统近来颇能独立，自行其意，不受一班老太婆的牵制。前次他把辫子剪去，即是一例。上星期他的先生陈宝琛病重，他要去看他，宫中人劝阻他，他不听，竟雇汽车出去看他一次，这也是一例。前次庄士敦说起宣统曾读我的《尝试集》，故我送庄士敦一部《文存》时，也送了宣统一部。这一次他要见我，完全不同人商量，庄士敦也不知道，也可见他自行其意了。……

五月卅日记道：

十二时前，他派了一个太监，来我家接我。我们到了神武门前下车，先在门外一所护兵督察处小坐，他们通电话给里面，说某人到了，我在客室里坐时，见墙上挂着一幅南海招子庸的画竹拓本。此画极好，有一诗云："写竹应师竹，何须似古人。心眼手如一，下笔自通神。道光辛丑又

▶ 宣统帝溥仪
（二十世纪二十年代）

▶ 胡适像

三月，南海招子庸作于潍阳官舍。"

招子庸即是用广州土话作《粤讴》的大诗人。此诗虽是论画，亦可见其人，可见其诗。

他们电话完了，我们进宫门，经春华门，进养心殿。清帝在殿的东厢，外面装大玻璃，门口挂厚帘子。太监们掀起帘子，我进去，清帝已起立，我对他行鞠躬礼，他先在面前放了一张蓝缎垫子的大方凳子，请我坐，我就坐了。我称他"皇上"，他称我"先生"。他的样子很清秀，但单薄的很；他虽只十七岁，但眼睛的近视比我还利害；穿蓝缎袍子，玄色背心。室中略有古玩陈设，靠窗摆着许多书，炕几上摆着今天的报十余种，大部分都是不好的报，中有《晨报》、英文《快报》。几上又摆着白情（按，即康白情）的《草儿》、亚东的《西游记》。他问起白情、平伯；还问及《诗》杂志。他曾作旧诗，近来也试作新诗。他说他也赞成白话。他谈及他出洋留学的事，他说："我们做错了许多事，到这个地位，还要靡费民国许多钱，我心里很不安。我本想谋独立生活，故曾要办皇室财产清理处。但许多老辈的人反对我，因为我一独立，他们就没有依靠了。"

他说有许多新书找不着。我请他以后如有找不着的书，可以告诉我。我谈了二十分钟，就出来了。

以上就是胡适见宣统的实录。溥仪《我的前半生》中记录了这事，但却故意写得很不在乎，很调侃。自然，那时正是大批胡适的时候，溥仪写书，亦正如写交代材料，自然不免要在文字上耍些手法，达到避重就轻，贬低胡适的目的，何况还有人为他修改过多少次。谁如果对此感兴趣，不妨找出二书，对照看看。

章太炎

一九二二年六月七日记章太炎道：

> 下午陈仲恕（汉第）来谈……仲恕为熊内阁国务院秘书时，曾看见许多怪事。章太炎那时已放了筹边使，有一天来访仲恕——他们是老朋友——说要借六百万外债，请袁总统即批准。仲恕请他先送计划来，然后可提交临时参议院。太炎说："我那有工夫做那麻烦的计划？"仲恕不肯代他转达，说没有这种办法。仲恕问他究竟为什么要借款，太炎说："老实对你说罢，六百万借款，我可得六十万的回扣。"仲恕大笑，详细指出此意的不可能。太炎说："那么，黄兴、孙文们为什么都可以弄许多钱？我为什么不可以弄几个钱？"他

坚坐至三四点钟之久，仲恕不肯代达，他大生气而去。明日，他又来，指名不要陈秘书接见，要张秘书（一麐）见他。张问陈，陈把前一晚的事告诉他，张明白了，出来接见时，老实问太炎要多少钱用，可以托燕孙（梁士诒）设法，不必谈借款了。太炎说要十万。张同梁商量，梁说给他两万。张回复太炎，太炎大怒，复信说："我不要你们的狗钱！"张把信给梁看了，只好不睬他了。第三天，太炎又写信给张，

▼ 章太炎像

竟全不提前一日的事，只说要一万块钱。张又同梁商量，送了他一万块钱。

此事也十分有趣。太炎先生以一等嘉禾章作为扇坠，大闹中南海怀仁堂

的事，社会上知道的很多，在熊希龄内阁任内要钱的事，知道的很少。而且章太炎要的手法十分显示其个性，亦颇有趣。当时一万块大洋钱，少说也可抵现在一百万，穷得没有办法想发财的书呆子，读了这段记载，能不心动乎？

辜鸿铭

一九二一年十月十二日记辜鸿铭道：

夜间王彦祖先生邀吃饭，同席的有Demiéville and Monestier及辜鸿铭先生。许久不见这位老怪物了。今夜他谈的话最多；他最喜欢说笑话，也有很滑稽可喜的。今记数事如下：

他说："去年张少轩（勋）生日，我送他一副对联，为'荷尽已无擎雨盖，菊残犹有傲霜枝'。你懂得吗？"我说："'傲霜枝'自然是你们二位的辫子了。'擎雨盖'是什么呢？"他说："自然是大帽子了。"

他说:"徐世昌办了一个四存学会。四存就是存四,可对忘八!"

他说:"俗话有'监生拜孔子,孔子吓一跳'。我替他续两句:'孔会拜孔子,孔子要上吊。'"此指孔教会诸人。他虽崇拜孔子,却极瞧不起孔教会中人,尤恨陈焕章,常说"陈焕章"当读作"陈混账"!

▼ 辜鸿铭英文签名照

他对 Monestier 说:"你们法国人真不要脸!怎么把一个博士学位送给徐世昌这个东西!你的《政闻报》上还登出他的照片来,坐在一张书桌上,桌上堆着许多书,叫作《徐大总统看书之图》!喂,喂,真难为情!你们为什么不送一个博士学位给我辜鸿铭呢?"那位法国小政客也无言可答。其实辜鸿铭应该得这个学位;他虽然顽固,可不远胜徐世昌吗?

说起辜鸿铭,现在也还有不少人写文章说他的轶事,但大多辗转择引文献,真正见过他的人并当面听过他妙论的人大概很少了。这七十二年前的日记正生动地记录了他当时的音容和妙论,今日读来,仍有闻声传神之感。当时正是他在第一次欧战后,以《中国人的真精神》(*The Spirit of Chinese People*) 一书震炫欧洲的时候。此书日本人先译为日文,中国人又从日文转译,刊登在当年的《东方杂志》上。

傻大姐

一九二二年四月二日记熊希龄谈话道:

> 熊秉三先生邀我们住在他的双清别墅里……
> 熊先生爱谈话……

乾隆帝的生母来历颇不明，故向来有乾隆为海盐陈氏子的传说。熊先生在热河时，见行宫内东宫（俗称"太子园"）之前，有矮屋，上盖茅草。此为雍正帝为太子时所居，忽有此不伦不类之茅屋，遂引起熊先生的注意，但宫内外人皆无能说此事者。最后寻得一个八十多岁的老宫役，能说此事："乾隆帝之生母为南方人，诨名傻大姐，随其家人到热河营业（热河有南方各种工匠，如油漆、红木之类）。时方选秀女，临时缺一名，遂把他列入充数。后来太子（雍正帝）病重，傻大姐在侍女之列，服侍最勤，四十余日衣不解带，太子感其德，病愈后遂和他有关系，他后来在一个茅蓬内生一子，即乾隆帝也。后来乾隆帝就在产生之地作此茅屋，留为纪念。"

此事无从考证了。但乾隆帝实在像一个傻大姐的儿子。

这则日记也很有趣。熊希龄氏清末做过热河都统，就住在避暑山庄内。清代自咸丰死在避暑山庄后，同、光、宣三朝太后皇帝都没有再去过这一行宫。到熊住在里面做热河都统时，行宫已空关了三十多年了。他住在里面日久，所以对此茅屋做了调查。妙在名叫"傻大姐"，使人一下子想起《红楼梦》中捡绣春囊的"傻大姐"，是偶然巧合呢，还是有意这样写？当时胡适正在研究曹雪芹家世，在此却未将这个"傻大姐"和《红楼梦》曹雪芹联系起来，未免可惜了。再有当时熊正办香山慈幼院，所以住

▶ 熊希龄与香山慈幼院师生合影

在香山双清别墅。其时也正是沈从文先生初因熊之介到北京的时候，熊是下野的国务总理，正在大办慈善事业，沈则是刚刚不当兵的小青年，小楷写得极好，人又好学勤奋，和熊都是湘西凤凰的小同乡，所以得到特别赏识照顾。沈先生在北京呆了几十年，可总说不好普通话，北京话更说不来了，和别人谈话，越高兴越是说凤凰土话，那别人就越是听不懂了。有一次我笑着问沈先生："您什么时候到的北京？怎么总说不来北京话？"沈先生也笑着说："我是一九二一年来的……"我笑着接话茬儿道："您来北京的时候我还没有养哪……"说完，大家都哈哈大笑起来——一转眼，这也是十三年前的事了。

周氏弟兄

一九二二年八月十一日记周氏弟兄道：

到小学女教员讲习会讲演……讲演后，去看

启明，久谈，在他家吃饭，饭后，豫才回来，又久谈。周氏弟兄最可爱，他们的天才都很高。豫才兼有赏鉴力与创造力。而启明的赏鉴力虽佳，创作较少。启明说：他的祖父是一个翰林，滑稽似豫才；一日，他谈及一个负恩的朋友，说他死后忽然梦中来见，身穿大毛的皮外套，对他说："今生不能报答你了，只好来生再图报答。"他

▶ 一九二二年六月，周作人（前排左一）、鲁迅（后排左一）与爱罗先珂等在八道湾合影

接着谈下去："我自那回梦中见他以后，每回吃肉，总有点疑心。"这种滑稽，确有点像豫才。

豫才曾考一次，启明考三次，皆不曾中秀才，可怪。

胡适、周启明（知堂）、周豫才（鲁迅），当时习惯叫"胡先生""周二先生""周大先生"，当时的确都是得学术朋友之乐的。看所记到八道湾乘兴访问，畅谈、留饭，多么随便，多么融洽。三人日记，各记到对方的地方很多很多，但像这样一长段写友谊，十分传神的文字却很少。所以值得后人欣赏、想象。同书一九三七年一月一日记道："中间出去到中基会团拜，到周作人家贺他老母八十岁生日，吃了寿酒，才回家继续写文字……"点滴处均可见二人友谊，如果没有"七七事变"，没有日本侵略者，该多好呢……

傅作义

一九三七年一月二十五日记傅作义道：

傅作义将军为他的先父子余公建纪念堂，来函征文，说"所求不过十数人"。其附来的行状历叙他年少时种菜、挑担、赶马车、卖煤，颇能纪实。今夜为题小诗。

拿得起鞭子，

挑得起重担子，

靠自己的气力起家，

这是个有担当的汉子。

老子不做自了汉，

儿子能尽忠报国。

这儿来来往往的人，

认得他爷儿两个。

其时正是傅作义在百灵庙打过胜仗后的几个月，又是"七七事变"的前半年。这首白话诗，大概见到的不多，但和五十六年前的历史联系起来，也还是耐人想象的吧！

我最爱看古人日记，在日记中看到的大都是活泼泼的坦率自然的活人，在文集中看到的则常是衣冠整齐、道貌岸然甚至装模作样的假人，而在历史书中则常常看到的是斧削的或殡仪馆化了妆的死人。假人、死人自然都没有活人亲切好看，而且还安全。纵然是强盗的日记，在你看时，大概也都是只能你看他，而他不会再威胁到你了——自然，强盗是否写日记，也大成问题，如真实地记载，那岂不要一旦失风，变成犯罪的铁证吗？因而这只是个比方，想来聪明的强盗是不记日记的。记日

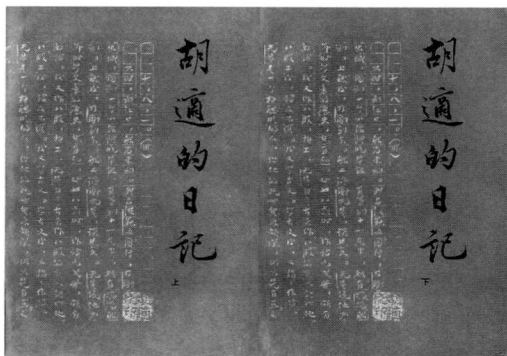

▼《胡适的日记》中华书局一九八五年版书影

记之风，清代官场及学人，最为重视，不少人都能几十年如一日。民国初年，不少人都继承了这一传统，如《鲁迅日记》、知堂老人几十本日记，都是几十年中每日必记的。可惜后者迄今无出版消息。据知《郑孝胥日记》都在排印了。知堂老人几十本日记怎么一点消息也没有呢？胡适日记并不是几十年如一日连续写下来的，除其在美留学时的日记，早已印作四大本出版外，留在北京的日记署名为《胡适的日

▶《胡适留学日记》手稿

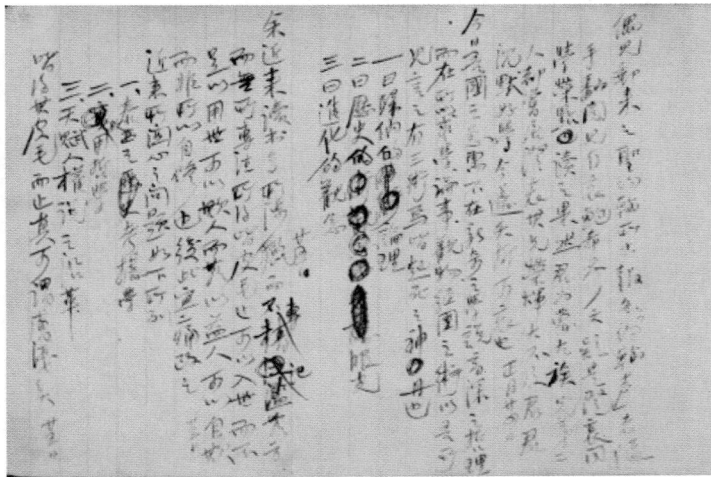

记》，七年前由中华书局出版，今年八月间在台北"中研院"史语所"胡适纪念馆"，看影印十大本《胡适手稿》，也没有日记，大概他后来没有写什么日记吧。《胡适的日记》所收一九二一、二二两年的日记所记甚详，不少都是珍贵的教育、文化、学术文献史料。可惜太少了，多么遗憾呢。

　　癸酉小雪后，风雨交加，抄并记于延吉水流云在新屋南窗下。

　　按，适之先生日记，台北远流出版社影印有《胡适的日记》手稿本十八册，现在逐卷借来阅读，一九九三年八月在台北，虽几次访问胡适纪念馆，终因时间匆促，粗心大意，未仔细询问，写此文时，随笔乱写，说明先生"没有写什么日记"，错误殊不应该，特此说明，通读清样时补记，云乡志。

顾颉刚与崔东壁

一

顾颉刚先生生于一八九三年，如果活到今天，正好是百岁老人了。前不久在苏州刚刚开过纪念先生的学术讨论会。近阅《清代名人传略》中的《崔述传》，文中说道："崔述十五岁时，与弟崔迈前往大名应童子试。大名知府朱煐对这两位少年的才学大为惊叹，乃将其二人留在府衙，伴其子读书。读书之所名'晚香堂'，大约建于一五七〇年。一九三一年顾颉刚与洪业（字煨莲）等人过访时，这所建筑虽然破旧，但无大损。"读到此间，忽然想起顾颉刚先生与崔东壁的关系，以及六十二年前，先生和洪煨莲、容希白（按，容庚，字希白）诸先生组团旅游河北、河南、陕西、山东四省，考古调查，访问崔述故里事。先生此行写有《辛未访古日记》，收在一九四七年《开明书店二十周年纪念文集》中，其中"大名访问崔东壁先生故里"一节最早先刊载于《燕京学报》第九期。说来也都是六十年前的文化旧闻了。

崔述，字承武，号东壁，直隶（今河北）大名府魏县人，生于一七四○年，即乾隆五年，卒于一八一六，即嘉庆二十一年。乾隆二十七年举人，两次会试都没有考中。直到嘉庆元年崔五十六岁时，才做了两任福建罗源知县，后调上杭，又回罗源，前后六年，治绩很

▼ 顾颉刚编订《崔东壁遗书》书影

▶ 1937年顾颉刚与夫人在北平中山公园留影（《顾颉刚全集》）

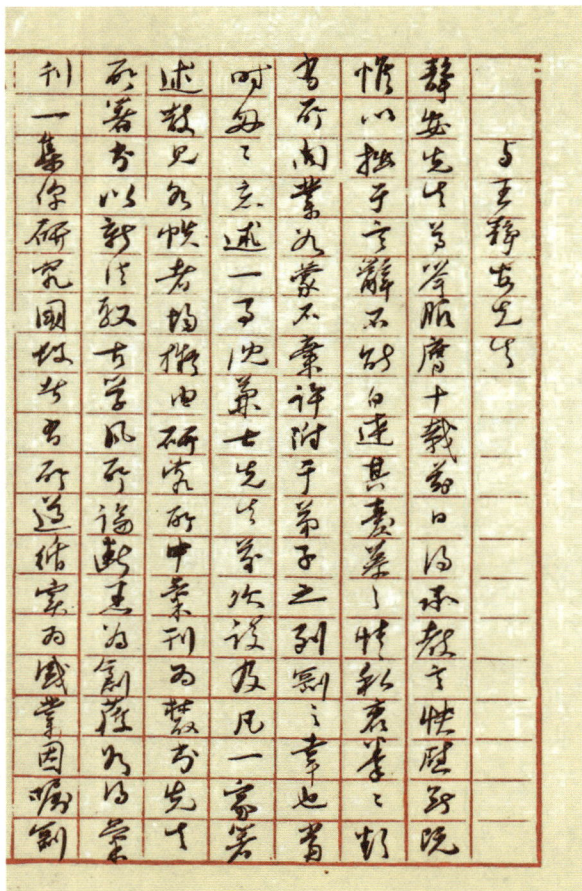

顾颉刚致王国维手札（《顾颉刚全集》）

好，但仍摆脱仕宦生活，弃官北返。一生精力，主要是研究学问，从事著述。生活一直很清苦，大部分时间，还靠教私塾维持生活。

崔述一生的著述很多，在他去世前，编就全部著述目录，将手稿束为九捆，留下最后遗言："吾生平著书三十四种，八十八卷，俟滇南陈履和来亲授之。"陈履和，字介存，号海楼，是他唯一生死之交的门人。二人订交也有点偶然的奇缘。崔述最重要的著作是《考信录》(分考古提要、上古、唐虞、夏商等十七种，三十六卷)。崔述在五十二岁时，带了专考孔子及门人生平的《洙泗考信录》原稿和另外几种著述到北京，想谋求个官职，遇到云南举人陈履和。陈履和同早年照顾过崔述的大名府知府朱煐是同乡，都是云南石屏人。崔述给他看《洙泗考信录》书稿，陈看了之后，极为倾倒佩服，便请拜崔述为师，崔述也便收了这个门生。师徒二人在北京盘桓了两个月，崔即回到大名老家去了。过了两年，崔又到北京，陈则已离京南下，两人再未见面。直到暌违二十四年之后，陈才到崔原籍家中看望，而崔已于半年前去世了。陈在老师灵柩前行礼之后，含泪收下了老师临终遗言交付的全部手稿。师徒二人虽然二十来年未见面，但书信来往却是不断，尽管当时还没有邮政，寄信并不便利，二人还是想办法通讯论学。同时崔把各种著述修改稿寄给陈，陈为之想尽办法刊刻。崔在去世前，共刻著作十九种，除三种是崔自己做罗源知县所刻而外，其他大多为陈履和为其筹款刊刻。崔去世后，陈又续刻崔氏书多种，直到一八二三年，即道光三年，他在浙江东阳知县任上，刻成道光版《崔东壁遗书》，收崔著述十二种。

崔氏论学在清代乾嘉学术鼎盛时期，是独树一帜的，既不同于"汉学"，也不同于"宋学"，他的最大特征，就是尊经、疑古、求证。他青年时，即怀疑《论语》中某些章节的可信度。他认为汉代经文已附入大量传注，已有错误解释。他先确认部分真实可信的经文本身，再辨析战国以后附会的上古史传说，他感到远古历史越到后来说得越详细，对此产生疑问。他感到尧舜在《诗经》中没有写到，神农最早见于《孟子》，黄帝传说到了秦代才广为人知，等等，因而决心本着"传注之与经合者著之，不合者则辨之，而异端小说不经之言，咸辟其谬而删之"的主张治学研经，写成他最重要的著作三十六卷《考信录》，书名取义于司马迁《史记》中的话："夫学者载籍极博，犹考信于六艺。"他论证《诗经》的序和《论语》后五章是较晚的著述，《大学》非曾子所著，《中庸》非子思所著，《孔子家语》是伪作，《山海经》成书于汉代，等等。他的大胆疑古态度，甚至对太史公也持怀疑否定态度。他的《知非集》中载有《金缕曲》词后半阕道：

　　　　齐东野语从来巧，漫讥评，《离骚》屈子，《南华》庄老，太史文章千古重，舛谬依然不少。还未算全无分晓，最是而今谈古迹，试推求，人地皆荒渺。堪一笑，向囊枣。

　　从词中也看出他的疑古的态度。不过话又说了回来，既然太史公"舛谬依然不少"，他在一两千年之后再考证远古的史实，考证再精到，主观之处亦所难免。《清史稿》《清史列传》，崔述均入《儒林传》，《清史稿》说他"考据详明如汉儒，而未尝墨守旧说而不求其心之安；辨析精微如宋儒，而未尝空谈虚理而不核乎事之实"。《清史列传》中又说他"勇于自信，虽有考证，而纵横轩轾，任意而为者亦多有之"。评价很高，看来是学兼汉、宋之长的。

崔氏之学，在乾嘉学术鼎盛之际较为突出，著述在其身后也多已刊行，但未引起人们重视，被冷落了百余年，正应了他生死之交的弟子陈履和说的话："其持论实不利于场屋科举，以故人鲜信之，甚有摘其考证最确、辨论最明之事，而反用以诋毁者。四海之大，百年之久，必有真知。"这个预言在本世纪二十年代初应验了。一九二三年胡适在《国学周刊》发表了崔氏年谱的第一部分《科学的古史家崔述》，这时崔氏之学被冠以"科学的"现代赞语，才为世所重。不久道光版《崔东壁遗书》两次被重印。顾颉刚先生写《古史辨》，显然也是在这一科学思潮、在崔氏学术思想的影

响下进行的。胡适当时盛赞崔氏的《考信录》虽然有不少不能令人满意处，但其疑古的胆识和敏锐洞察力，在古代史学家中，可以说是第一人，没有能及得上他。这就是以现代科学认识评价十八世纪时的崔述了。

《崔东壁遗书》最完备的本子是一九三六年顾颉刚先生编辑并标点的八卷定本，由朴社出版，附有《年谱》（胡适编至一七九六年即嘉庆元年，赵贞信续至一八二五年即道光五年），书后并附有《崔东壁遗书书目索引》。在此前五年，即一九三一年四月间，顾等特地到大名城里及乡间对崔述后代、故居、遗物等做了周密的调查和访问。这是一次非常有趣的旅行，只是限于篇幅，在此未便多谈，只能另列题目介绍了。

二

　　清代乾嘉年间学术活跃，学人众多，但是大多是江南人，北方人较少。清初北方学人，颜习斋（按，颜元，号习斋）、李恕谷（按，李塨，号恕谷）名气最大，世称"颜李学派"。乾隆时纪昀作为学人，名气很大，但未形成学派，主要是他博闻强记，官大，又主编《四库全书》，论学也秉承汉学体系。崔述略晚于纪昀，也是直隶人，但声望、治学条件远不能与纪昀相比，虽然中过举，做过几年知县，但家境贫寒，基本上是个乡下私塾教师（他父亲也是私塾教师），几乎与世隔绝，研究学问的条件是很差的。他家在河北省南面大名府魏县漳河边上，这里是大平原，地势又低，在崔述生活的年代里，他家就因漳河决堤，祖居被淹，其后一贫如洗，几次搬家。近二百年后，顾颉刚先生去调查时，看到不少高大的牌楼，只顶部露在地面六七尺高，说明水淹后，地面已较淹前高了丈许。崔家祖居房舍，都埋在淤泥中了。崔述一生虽然未大发迹，贫困到老，但其家世也是仕宦之族。顾先生在调查日记中记这些牌坊时写道：

> 若干大牌坊必皆跨当时大街而立，今日犹可循其排列以猜测街道，其中多与崔家文献有关，而广西布政使崔维雅一坊为尤伟。维雅，东壁之高伯祖也。又有崔士章一坊。士章者，维雅之弟，顺治武进士，随康亲王平耿精忠者。就此两坊之位置观之，崔家当年居城中南部。据《考信附录》所记：东壁之父常携两子登城，望城外川流，自注：城在宅后，故尔。可见东壁在未迁礼贤台前，其居在南墙根，又必稍近南门，故便于登临如此。今日此一地区上，仅有梨树数十株耳。

这是顾先生从大水淹没淤积后仅露的牌楼顶部位置，来分析推测当年崔述故家的位置。当时是一九三一年春天，正是中原大战之后，"九一八事变"之前，河北省南面一带，交通不便，土匪横行，又到处是驻军。调查人员乘火车先到河南彰德，又由彰德买汽车票，每人大洋四元，去河北大名，早七时半出发，直到中午过后才到大名。在大名住了一夜，第二天分兵两路，顾先生一路去魏县双井、小清化等村访问崔氏遗物，雇的一辆破汽车更特殊，现在人是难以想象的。《日记》记道：

汽车较昨日所乘者更敝，四轮之硬皮带皆破裂，司机者二人取麻绳捆之，聊护其所实之软带。行半小时必停止一次，修理绳索，重打空气，作此种种，又恒耗半小时。予等久待不耐，辄前行三四里以俟车。魏县在大名西北四十余里，汽车半小时可达，今乃费时四倍……

用麻绳捆扎的车带照样能走，这就是六十多年前内地土路汽车的情况。到了崔述故里魏县城中呢，《日记》又记道：

城中弥望皆田园，绿者麦苗，黄者油菜，白者梨花，粲然成行列……盖此城既湮，魏县并入大名，居民尽移城外，习久不返。

看文中所记，不由人想起姜白石《扬州慢》中"望春风十里，尽荠麦青青"的句子。陵谷变化，沧海桑田，大抵天灾、兵匪、人祸之后，不少旧日闾阎门第，人文繁盛之区，都变成麦田苗圃，只供史家访古凭吊、词人伤感咏叹了。

调查一行特地去参观了崔东壁在大水淹后迁居的礼贤台，这是魏县城南半里的小土阜，据传是春秋时魏文侯所筑，原在漳河边，崔东壁居住时，尚水泽回环，渔歌断续。而在调查时，漳河已改道，在县城五十里之外了。

调查一行，去参观了崔氏墓地，有民国九年（一九二○）大名县知事张昭芹立的清大儒罗源县知县崔东壁先生神道碑，墓前又有门人陈履和嘉庆二十四年（一八一九）所书墓碑。碑中书："大名老儒崔东壁先生暨德配成孺人墓。"碑旁书：

先生讳述，字武承，乾隆壬午科举人，福建罗源县知县。著书八十八卷。今先刻《考信录》三十六卷行世，余书次第授梓。孺人讳静兰，字纫秋，著有《绣余诗》一卷、《爨余诗》一卷，拟附刻于先生诗文集之后。

崔述夫人成静兰是大名望族之女，是才女，与崔同庚，先崔两年而卒，夫妻恩爱五十载，但无子嗣。

调查一行听说小清化村崔鸿藻处有崔氏家谱，当时汽车坏了，徒步行八里到了该村，看见村北崔家门前周围种着椿树，门上粘着红纸，写着"博陵旧家"，一派农村古色。主人是农民，问崔东壁像，拿出三轴，画在洋布上，二红顶、一蓝顶。顾先生断定东壁任官，外不过知县，内不过主事，不应着红、蓝大顶高品官服。且画像过新，也不像七十七岁老者，且像上无题记。主人是朴实农民，也说不出所以然，看来不是百年以前古物。又看家谱，也十分简略，是抄本，有乾隆五十四年（一七八九）序。谱中所记，崔述没有子嗣，继承他的侄子崔伯龙也无子嗣，因而崔述一支早已没有后人了。

另外崔家的后人，据调查尚有在大名卖杏仁茶者。总之，大儒的后代，大多是没有文化的人，连个小知识分子也没有了。学人身后之寂寞大可知矣。

调查人员在小清化村访问农民崔鸿藻之后，天色已晚，不能走夜路回城，到另一村人家土炕上对付了一宿，第二天才赶回大名。《日记》云：

> 未明即起……早饭仍上街，饮小米粥，甘之。本拟至双庙集访书版……恐希白等疑念，因命返辕，十时，抵城。如此破车，以麻绳裹轮带，以煤油代汽油，竟载九人行百余里，未非危险，车夫之技巧可佩也。入教育局，希白等果已遣人骑脚踏车下乡来寻，谓此三张"穷票"定落土匪手矣……

所记希白是容庚先生，此行尚有吴文藻先生等位，如今各位都已成了古人。所记六十二年前往事，已是前辈学人风流，只容后人想象矣。在晚近著名史学家中，顾颉刚先生是做出巨大贡献的，由《古史辨》到标点本"二十四史"，一条漫漫其修远兮的治学道路，是联系着中华民族悠久历史和现代科学求真求实观点相结合的道路。业绩俱在，小文是无力介绍的，略述其访问崔东壁故里旧事，聊纪景仰之心而已。

读《俞平伯家书》

　　一本《俞平伯家书》，读来十分有味。如一九六九年十二月二十七日发自息县包信集的信中云：

　　　　下午听贫下中农的报告。时间不长，至三时许即散会。是日上午天阴，午后一直有小雨。我未带雨具，幸借得一伞，冒风雨而归。道路泥泞，十分难走，幸有同志数人沿途招呼，才勉勉强强于六时余抵寓，其时天已昏黑，棉鞋、棉裤、棉大衣无一不湿，泥污不堪。次日汝母收拾了一个上午尚未完毕。我身体倒还好，即此就算不易了……

这时先生已近七十岁，住地到开会地点十五里，上午去时老人走了两小时一刻钟，下午回来，大吃苦头，自夸"就算不易了"，的确如此。一九七〇年十一月二十六日记云：

俞平伯像

> 二十日晚七时宣传队王同志和连部王保生又来访谈，态度和蔼，仍未谈到我的问题，只对我们的生活表示关切，小坐而去。二十日很暖，蝇飞集甚多，夜有西北风五六级。廿一日降温……

"仍未谈到我的问题"，这"问题"二字该有多么沉重，老人内心多么忐忑，期盼多么殷切。可是"问题"二字，又岂是这些人能做主的，能随便谈的。我忽想起一句老话："公门之内好修行。"碰上崇公道那样的好人，能对"生活表示关切"，已经很不错了。可是现在青年朋友或国外读者，要读此书，恐怕要加点注解，不然是读不懂的。如：

> 茅屋三间，孙剑冰家占二间，我们只一间，中间腰隔一下，总算分为两家……十三日上午开始"天天读"，即在邻室孙处，只此两家的人，由我主持，有汝母参加（八至九时），亦前所未有也。

> 是日赶集购得活鲫鱼和虾，只用二角。鸡子三枚，每个七分。鱼虾以火酒烹食之，虾有一大碗之多，南来第一次尝鲜，鱼虾等固价廉，开水却很贵。我打了一瓶的水，费五分，实系上了当。一角买四个牌子，可找四瓶，零买则每瓶三分，即此亦很贵。

今日青年读者，懂得什么叫"天天读"吗？"活鲫鱼和虾，只用二角"，能想象吗？限于篇幅，不多引了。

此书共收先生家书一百四十八封。大多写给其天津哲嗣俞润民的，也有少数写给儿媳、孙子、孙女的。大约分以下几部分：一是下放到河南信阳地区息县学部五七干校时写的，由一九六九年十一月间，到一九七一年一月间，约二十三封。二是一九七一年先生回北京后，俞润民仍在天津，至一九七六年底，先是学部学习，后是迁入建国门外宿舍，亲戚来往，等等，直到闹地震，共二十一封。三是一九七七年以后，直到一九八九年，这十来年中，客观上国家政策改革开放，老人环境，自建国门宿舍迁入三里河，柳暗花明，渐入佳境，信有百余封，然先生夫人老病日增，于一九八二年春间去世，对照下放息县，老夫妻住茅屋，屋草为大风所吹，感慨杜甫"吹我屋上三重茅"诗句。在同房中夫人自制熏鱼，共庆金婚，吟"已过欧俗金婚岁，黄菊花开迳九秋。那日迟君共尊俎，一轮明月照中州"诗句，前后情境，俯仰之间，又是一番感慨矣。

这三部分"家书"，从家书的角度，从先生襟怀

▶《俞平伯家书》
初版书影

及家人父子生活，天伦骨肉亲情看，自然那是一样的，一样的可以使读者有亲切的感受。但从时代历史意义上讲，那第一部分无疑更为重要。比如一九七一年一、二月间，回京后的信中说：

我的事情，由京下放干校进了一步，由干校回京又进了一步，当尚有下文，亦只宜静以待之。我一切皆无所谓，听组织上决定……你们东岳之行确不可少；否则我们在农村一年的情况，无论我信写得如何详细，你总归是隔膜的，所谓没有感性认识也。与过去住齐内（按，即齐化门内老君堂）之五十年，与今后在京居住的情况，亦无从得到清切的对比。

这些遭遇和感受，说来绝不是俞先生

个人的。当时许多知名学人都下放到息县了，都有共同的遭遇、共同的经历、共同的感受。在特殊的时代、特殊的遭遇中，先生的这些家信，所留下的原汁原味的各种经历和感受，既是个人的，也是大家的，既有苦的，也有甜而酸的，既是时代的，也是历史的。这比若干年后，所写的什么干校回忆录，等等，更为真实，更为亲切感人了。时过境迁，记忆再真实，也没有当时感受实在。因而这些在息县包信集和东岳集写的家书，对二十世纪六七十年代中国文化史说来，更有价值，可以传诸久远成为最好的史料。可惜的是，封面设计实在不中看，细说太繁，直言无隐，不敢瞎奉承，只好得罪这位设计者了。

沈从文师的学术文章

对于沈从文先生，人们多是注意到他的文学创作，他的极为优美的小说和散文，如《边城》之类，而很少注意到他的学术论文。虽然他的《历代服饰图录》的著作在十几年前香港出版时，也曾引人瞩目一时，但很快人们就很少提起了。而热门的，还是他的散文集种种，在前不久"文汇书展"上，就有好多种版本在出售，有汇编为厚厚的散文集的，也有薄薄的但封面印刷精美、淡雅宜人。旧集子的不少重刊本，种类很多，却没有一本是学术文章的集子。

我这里有一本四十一年前，即一九五三年九月份出的《新建设》杂志，上面刊登着一篇从文师的学术文章，题目是《中国织金锦缎的历史发展》，这却是一篇考证精博，而内容又十分有趣的学术论文。全文一万六千多字，具体而细致地介绍了我国织金锦缎的历史发展，是一篇十分见功力的作品。参考书目

▼ 沈从文像

有数十种之多，文中有引文的，就有《史记》《汉书》《盐铁论》《晋书》《罗布淖尔发掘报告》《西京杂记》《北方系文物研究》《西域记》《蜀典》《诸葛亮文集》《三国志》《邺中记》《北史》《洛阳伽蓝记》《鸡跖集》《唐书》《唐语林》《唐六典》《历代名画记》《燕翼诒谋录》《辍耕录》《格古要论》《博物要览》《洛阳花木记》《大金吊伐录》《亲征录》《清波杂志》《大金集录》《松漠纪闻》《天水冰山录》《揽辔录》《金史》《元史》《野获编》《梦粱录》《金瓶梅》《金鳌退食笔记》等书，可知其征引之富，用功

之勤。

从文师抗战时在西南联大教书，胜利复员后，回到北大，在文学院教书，开"现代文学选读及习作"，是大一、大二必修课。我当时虽已读四年级，但因是日伪北大、临大等校转上来的，要补修这门课，所以也直接是沈先生的学生。先生当时常在学生习作的稿纸缝中，再加两三行小字进去，字大小像芝麻一样，而且个个是工笔小楷。我第一次领回习作卷子，大吃一惊，珍重保留起来，一直到"文革"被抄家抄走为止。解放后各大学院系调动，沈从文离开北大文学院，被分配到中国历史博物馆工作，据说最初是做解说员。但先生随遇而安，很快爱上了研究古服饰，这篇文章就是最初的研究成果。

文章从出土的汉代"韩仁锦""长生无极锦""宜子孙锦""群鹄锦""新神灵广锦"说起，引《蜀典》《三国志》等书，分析出"捶金箔技术，于蜀中得到发展，是极自然的"，驳斥了西方某些学者所说"中国丝织物加金技术上的发展……来自西方"的错误结论。文中提出:"用金银缕刺绣作政治上权威象征",从三国时代开始"一直在历史发展中继续下来。到以后还越来越广泛"。在《魏志·夏侯尚传》[中]就说:"今科制,自公、列侯以下,位从大将军以上,皆得服绫锦……金银饰镂之物。"直到北羌石虎、唐、宋之后,就更为盛行。

从文师论述与实物对照,极为具体,如说金缕衣的"金缕",即后来的捻金,"金薄"即后来的明金和片金。而捻金也好,明金、片金也好,都要先把已经很薄的金叶,再捶成飞薄的金箔。这种加工技术,在很早就极为普遍,引《唐六典》记载,说明唐代用金技术,已有十四种,即"销金""拍金""镀金""织金""砑金""披金""泥金""缕金""捻

▼ 红地"韩仁绣"
彩锦
(《中国丝绸图案》)

金""戗金""圈金""贴金""嵌金""裹金"。金丝织物，就是用捻金线。即把极薄的金箔，捻在极细的丝线上，然后织在丝织品中，如夹金锦缎、夹金纱罗等，据说日本正仓院收藏唐绫锦中，就有四种加金丝的织物。文中还将正仓院所藏唐代金锦，与元、明以来"遍地金""库金""克金""捻金""片金"为主的丝织物比较，说明其截然不同。至宋代衣服用金，名目更多，有"销金""缕金""间金""戗金""圈金""解金""剔金""捻金""陷金""明金""泥金""榜金""背金""影金""阑金""盘金""织金""金线"等工艺。真是名目繁多，只从文字上读来，就令人眼花缭乱了……一万几千字的学术论文，我在这里是无法介绍清楚的，只把眼花缭乱的绚丽内容，略为提到数点而已。

学术文章，有几种写法，一种是正式国际论文式，大一二三四，小一二三四，还有注一二三四，后列一大串作者、书名。读着前面的文字，还要不时去找后面的书名、人名，甚至附录、附表。读起来真是麻烦不堪，乐不敌苦，因之我很少读这种论文，也从不写这种论文。另一种是随文写出作者、书名及引文，再加以说明、解释、排比，以见源流，以明脉络，水到渠成，结论自出。这一种是读书笔记式的写法，如写得好，谈得有趣，使人读起来津津有味。知堂老人最善于写这种文章，我很爱读，也很爱照这样去写，但难的是条理和裁剪，如条理不清，剪裁失当，就容易使读者感到杂乱。从文师这篇文章，从内容材料来说，是极为丰富的，除引文外，还有不少实物做例子，实物的时代、名称、色彩、花纹，本来是很引人入胜的，只是从文师好像习惯于文学性的散文、小说的描写，而学术性的文章，这样丰富的材料，在条例上和文字表现上，却稍感欠于分明，因而读起来觉着琐碎，使读者感到吃力。不过，能读到从文师的学术文章，总是十分可贵的。回忆十几年前，在北京崇文门先生寓楼，谈论《历代服饰图录》时兴高采烈的情况，上距写此文时已近三十年；而今天则先生去世又已六七年了，真是俯仰之间，已成陈迹，能不慨然！

附带说一声，这本旧杂志，到我手已是第三个人了。封面上有红印，上刻"国家财物，列入交待"八个字，不知什么意思，是什么机关盖的。原价每册四千元（原按，即币制改革后四角），封面上又有毛笔写的"一九五五年十月以二角人民币买来"字样，虽是随手所写，却极有功力，说不定是一位名家。杂志中其他什么"经济法则""工业化"等大文章似乎都未看过。只有沈从文这篇有红、蓝笔标记，即眉批小字，同封面上毛笔字是一个人写的，可见这二角钱是为沈先生花的了。我则又是十几年前三角钱从旧书店买的。近日理书架，翻出来重读一遍，情不自禁，写了这篇短文，算作对从文老师的纪念吧。

张伯驹氏原刊《丛碧词》书后

　　去年春天，在上海福州路古籍书店偶然买到一本原刊本《丛碧词》，书还十分整洁，夏天带回北京，本想请张伯驹老先生题几个字，以志墨缘。不想正遇上老先生去青岛避暑去了；春节后，又回北京，则老先生已成古人，闻之难免感到十分黯然了。

　　三年前，北京友人寄来新刊《丛碧词》的油印本，虽然内容增补很多，但在印刷上、纸张上，都与原刊本是不可同日而语的。原刊本纸墨精妍、装饰高古，现在很难遇到，今天说来，也可以说是准善本书了。

　　这本书是大开本，开本约为二十八乘十七厘米，版口约为十八乘十二厘米。天地很宽，仿宋大字刻本，单宣刷印，黑口，双鱼尾，页十行，行十八字，瓷青纸书衣，翻阅极为爽朗。扉页是双鉴楼主傅增湘氏所题"丛碧词"三字，有"藏园"朱文章。后面是夏仁虎老先生的序，再后是郭则沄老先生的序，都写于"戊寅年"，即一九三八年，已是沦陷后琉璃厂所刻印的了。当年是印了送人的，刷印很少，因而流传颇稀，四十三年之后，能于旧书肆中偶然遇到，也是十分不易，深可喜悦的了。

▼ 张伯驹像

"七七事变"，北平沦陷，一些留下来未能奔赴后方、而又有强烈爱国心的老知识分子，是很痛苦的。枝巢子的《序》一开始就写道：

会罹世变，逢此百忧，沧

桑屡易，小劫沉吟，骨肉流离，音书间阻，幽居感喟，时复有作。词侣星分，吟俦雨散，伯驹张子，酬唱实多，间出凤稿，题曰《丛碧》……

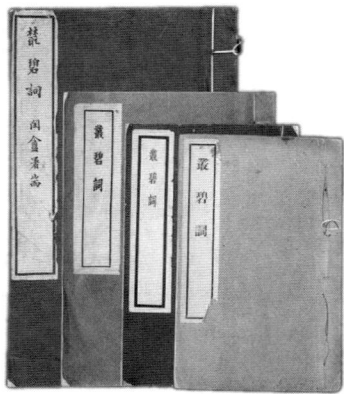

▼ 张伯驹《丛碧词》书影

从这些话中，可以看出作者和序者当时的心情，也可以说是相濡以沫吧。

《丛碧词》的风格，是花间一脉，宗姜白石，十分典丽婉约。在抗战烽火年代里，自亦无限伤感，反映在词中，就更为凄婉了。如重回北京时的《扬州慢》有句云："豁迎眸一发，认故国山青。向谁洒、伤时涕泪，洗戈银汉，何日销兵？敛西风残照，余晖犹恋高城。"寄托和感慨是都很深的，生动地写出了作者当时沉重的心情。《湘月》一词注云："残年急景，烽火四天，时与蔚如（夏仁虎先生字）诸公唱咏为乐，亦无可奈何中，聊以自遣耳。"更明显地写出了作者当时的心情。其特征是爱国的，是伤时的，但又不是软弱的，自认为是无可奈何的。这也正是许多这类知识分子的共同特征。

丛碧先生已成古人了。我与先生无一面之缘，只是久已神仰而已。今日重翻《丛碧词》，不免有些惆怅和感想，因而写了上面一些话，当作一点纪念吧。所提书中内容，真可以说是一鳞半爪；至于全面评价先生的词作，则不是这篇短文所能胜任的了。

按，前文是中州张伯驹丛碧先生去世时我写的一篇纪念短文，当时因限于报纸版面，写得很短，内容十分单薄，现编入书中，略做补充。

其一丛碧先生是贵公子而兼诗人、词人，又是文物鉴定专家。先生父亲做过河南督军，又是袁世凯亲表兄弟。其青年时之豪奢，自不待言。所著《洪宪纪事诗补注》十九中说：洪宪前一年，他父亲让他去给袁拜年，磕头时，袁以手掖之。问几岁，回答说十八岁。又问：你在府里当差好吗？回答说：正在模范团上学。袁说：好好上学，毕业后就到府里来，回去代我问你父亲好。拜回来刚到家门，赏赐的礼物就送来了。是：

　　金丝猴皮褥两副；狐皮、紫羔皮衣各一袭；书籍四部；食物四包。

　　单看礼单，就可想见其当年生活。贵公子出身的人，类型很多，有的可成为专门学人又一掷万金、毫无吝啬的豪侠之士。以五六万元大洋从旧王孙溥心畬手中买下陆机《平复帖》，过了不多年，又捐献给国家的人，也只有中州张伯驹才有此学识，有此财力，有此豪情。"乘肥马，衣轻裘，与朋友共，敝之而无憾"，这是中国部分有财力的知识分子传统的美德。但这不是摆阔，不过，这不是社会上一般俗人伧父所能理解的。

刻印《丛碧词》的年代，虽在战时，丛碧先生尚有刻书的财力。当时北京琉璃厂也还有高手刻工、印工，刻印出来的书，真可以说是纸墨精良，古雅可赏。过去说善本书，一般以历史年代划分，常常忽略书的印刷精良，流传多少。这样一些近代印刷精良、流传稀少的书籍，就不能得到及时的保存。现在古书经过几十年"浩劫"，焚毁殆尽的情况下，就更值得深思了。近见报载黄裳文引周叔弢先生函云：

> 善本籍总目……划乾隆以前和辛亥革命以前两条界限，似不甚妥。当民国初年董康、吴昌绶刻印之书，纸墨精良，比之明代书帕本要高万倍，亦将不能收入目录矣……

所说是很有见地的话，就这本刊于半个多世纪前的《丛碧词》，从刻工、纸墨上，版本流传上，都不逊于善本书中的任何精刻。当时夏枝巢、郭啸麓这些老词人都健在，两篇序写得真好，只可惜限于篇幅，引用较少。

翻天覆地之后，丛碧老人戴了几十年右派帽子，经历"十年浩劫"，老年住在什刹海后海时，那真是"黄金散尽贫能乐，白发添来老不知"，犹拍曲谱词，兴复不浅。在七十年代末、八十年代初，又印了一本油印本《丛碧词》，收词较多，我在萧重梅仁丈处曾见过，自然无法与纸墨精良的原刻相比了。